書下ろし長編時代小説

秘剣の名医

七

蘭方検死医 沢村伊織

永井義男

コスミック・時代文庫

この作品はコスミック文庫のために書下ろされました。

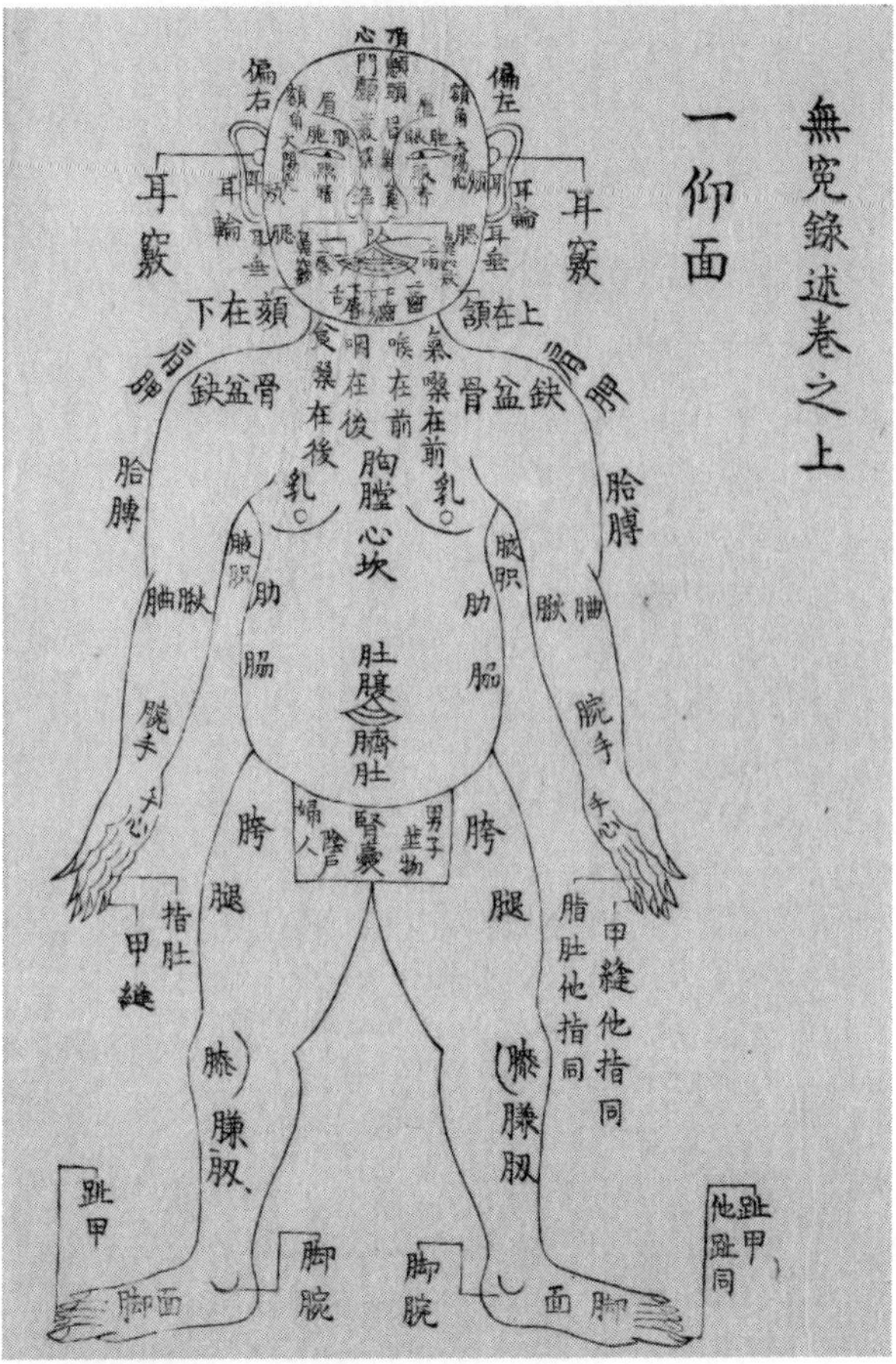

◇「無冤録述」の人体図
「無冤録述」（明和五年）、京都大学図書館蔵

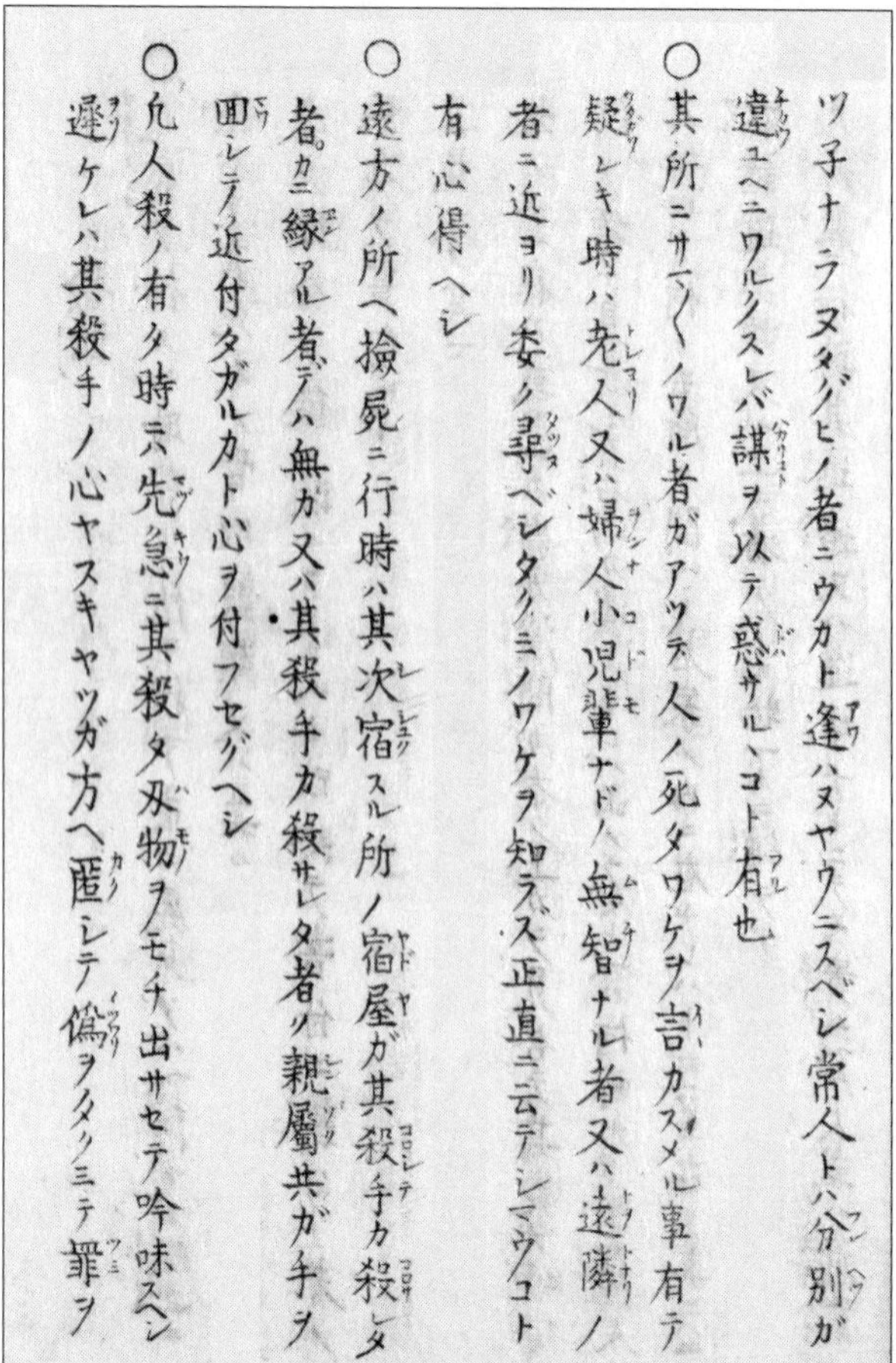
ツ子ナラヌタグヒノ者ニウカト逢《アワ》ハヌヤウニスベシ常人トハ分《フン》別《ベツ》ガ
違《チガウ》ユヘニワルクスレバ謀《ハカリゴト》ヲ以テ惑《ドハ》サルヽコト有《アル》也
○其所ニサマ〲ノワル者ガアツテ人ノ死タワケヲ言《イヽ》カスメル事有テ
疑《ウタガツ》レキ時ハ老人《トシヨリ》又ハ婦人《ヲンナ》小児輩《コドモ》ナドノ無《ム》智《チ》ナル者又ハ遠隣《トヲトナリ》ノ
者ニ近ヨリ委ク尋《タヅヌ》ベシタクミノワケヲ知ラズ正直ニ云テシマウノコト
有心得ヘシ
○遠方ノ所ヘ撿屍ニ行時ハ其次宿《シユク》スル所ノ宿屋《ヤドヤ》ガ其殺《コロシテ》手カ殺《コロサ》レタ
者カニ縁《エン》アル者デハ無カ又ハ其殺手カ殺サレタ者ノ親屬《シンゾク》共ガ手ヲ
囲レテノ近付タガルカト心ヲ付フセグヘシ
○凡人殺ノ有タ時ニハ先急《マヅキツ》ニ其殺タ刃《ハ》物《モノ》ヲノモチ出サセテ吟味スヘシ
遁ケレハ其殺手ノ心ヤスキヤツガ方ヘ匿《カク》シテ僞《イツハリ》ヲタクミテ罪《ツミ》ヲ

◇「無冤録述」の本文
「無冤録述」（明和五年）、京都大学図書館蔵

免レタガルコト有ベシ其殺タ道具ト疵《キズ》トヲ見合考ル時ハ改ガ
レヤスキ也

○屍ヲ改ル時何ゾムツカシク疑《ウタガハ》シキコト有バ其場ノワケヲ見タリ聞タリ
シタ者ヲ集《アツメ》メヤウスヲ逐一ニ聞合スベシ譬《タトヘ》ハ闘毆合ナドシテ居ル
内ニツヒ死ダ時ニ其打損《ウチソンジ》タ痕《アト》モ無クバ毆レテ死ダト定ガタシ若
其者カ病氣テ醫者《イシヤ》ニカヽツテ居タラハ其病氣デ死ダ事モハカリ
ガタシ其時其カヽツテ居タ醫者ヲ呼出シトクト問正《タヾ》サ子バシレ
ガタシ右ノ如ク何モく委ク知テ居ソウナ者ヲ集メテ問合セテ
其中ニモ能《ヨク》知《シリ》タラシク思ル、コトヲ考合セ大事ニ吟味スベシソウナケレバ
大ナシソコナヒガ出來ルモノ也

○屍改ガスンデ其上ニテ書付ニ載《ノセ》ガタキコト有ル時ハ二ノアタリニソノ

◇ 煙草屋
『煙草二抄』（山東京山編、文化七年）、国会図書館蔵

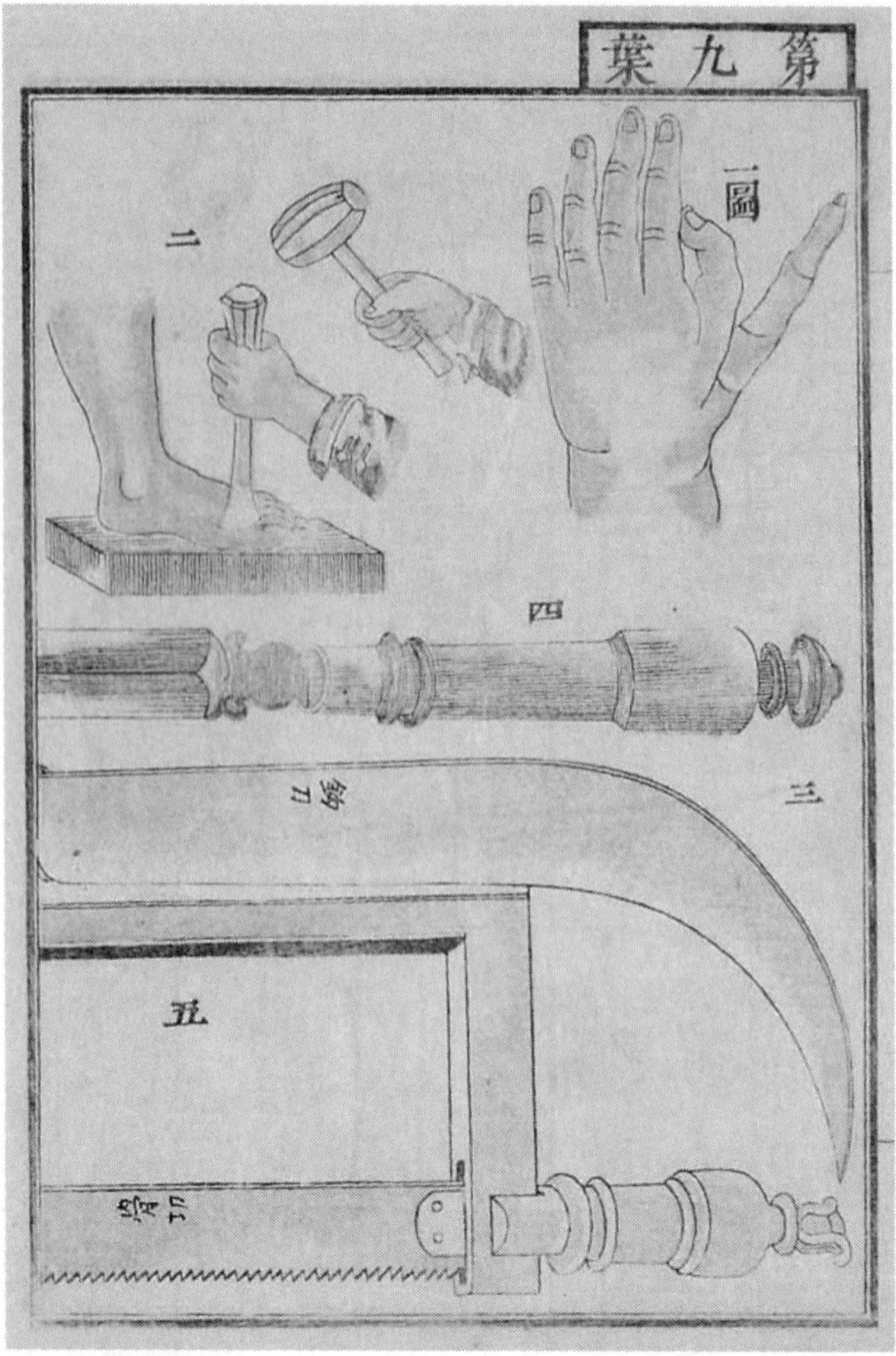

◇ 手術用の鋸
『瘍科精選図解』（越邑徳基著、文政三年）、滋賀医科大学図書館蔵

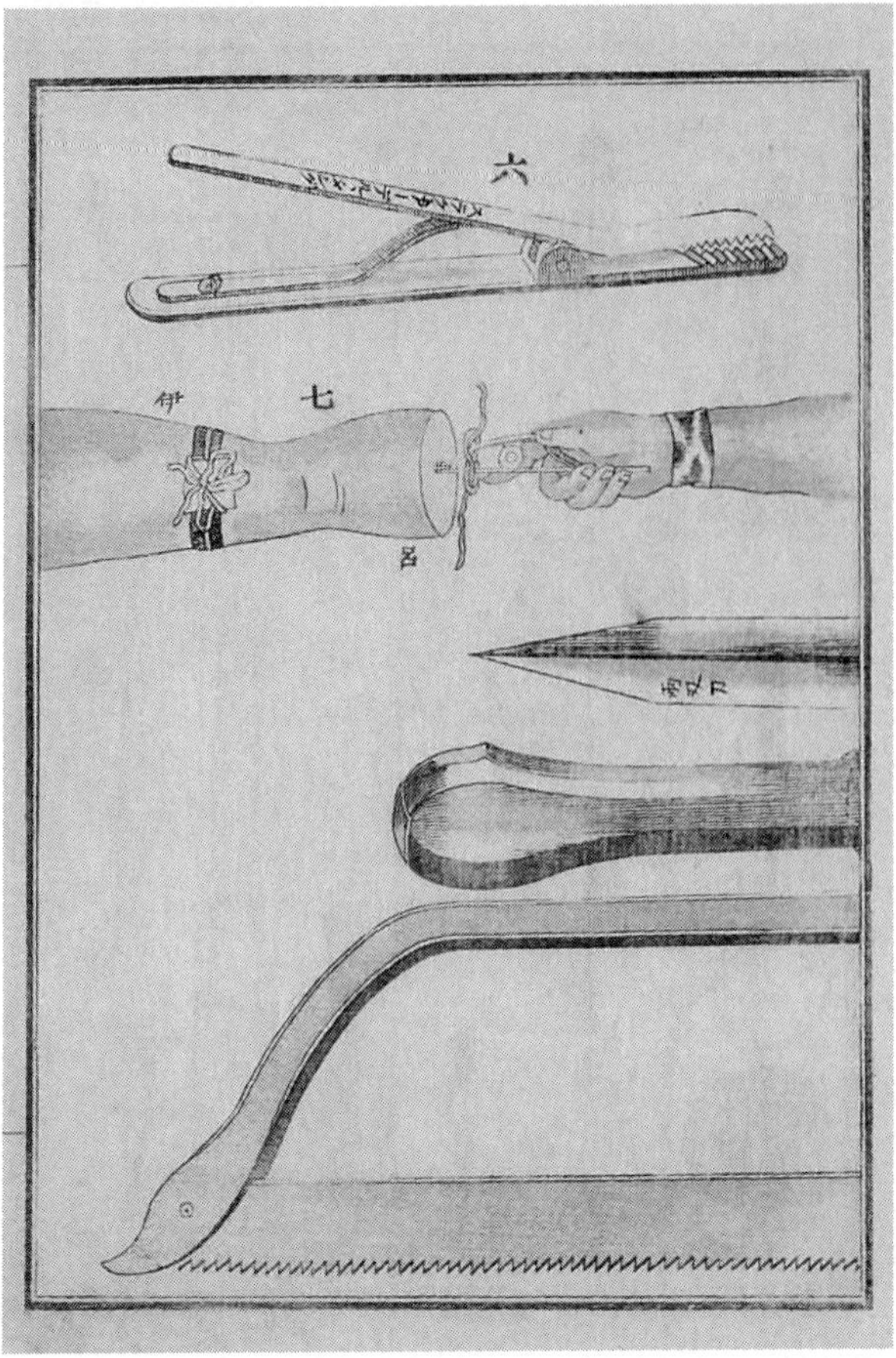
六
七
伊
呂

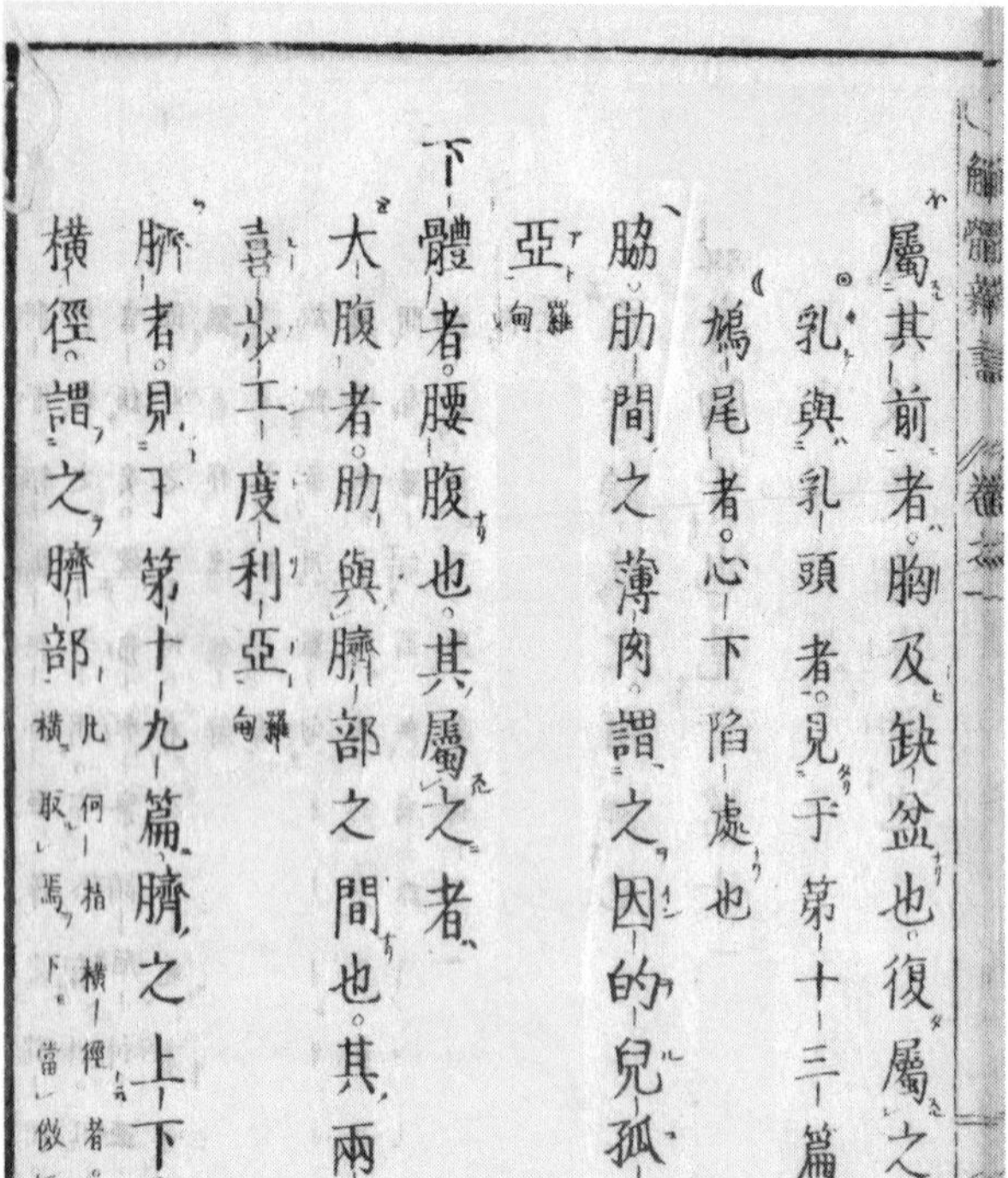

亞 羅甸
屬其前者胸及缺盆也復屬之者
乳與乳頭者見于第十三篇
鳩尾者心下陷處也
脇肋間之薄肉謂之因的兒孤私太利
下體者腰腹也其屬之者
大腹者肋與臍部之間也其兩邊謂之
喜歩工度利亞 羅甸
臍者見于第十九篇臍之上下各二指
横徑謂之臍部 凡何指横徑者伏指而横取焉下當倣之假如

◇「解体新書」
『解体新書』（杉田玄白他訳、安永三年）、国会図書館蔵

中指横徑者。約同指一寸也

小腹者。謂臍部下也。其兩邊。謂之意利亞羅綸

從陰毛際。左右合縫之間。謂之止加母氐。此語翻恥見下第二十六篇

尻脖。其屬之者。肛門及會陰也

腰者。尻上也

四肢者。上下之支也

手者。上支也。其屬之者

膊者。肘上強處也

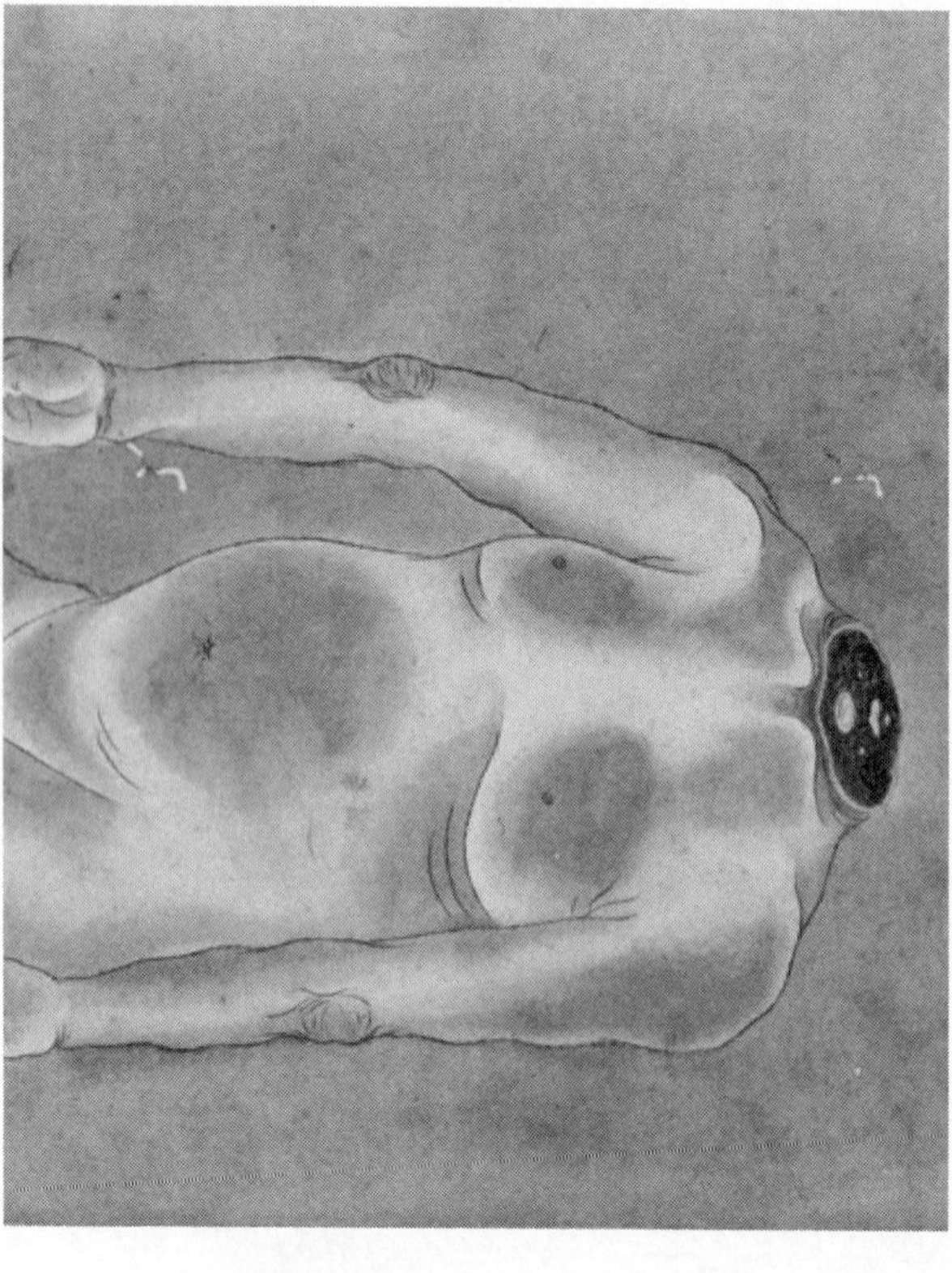

◇ 首の切断面
『宮崎彧解剖図』（寛政八年）、内藤記念くすり博物館蔵

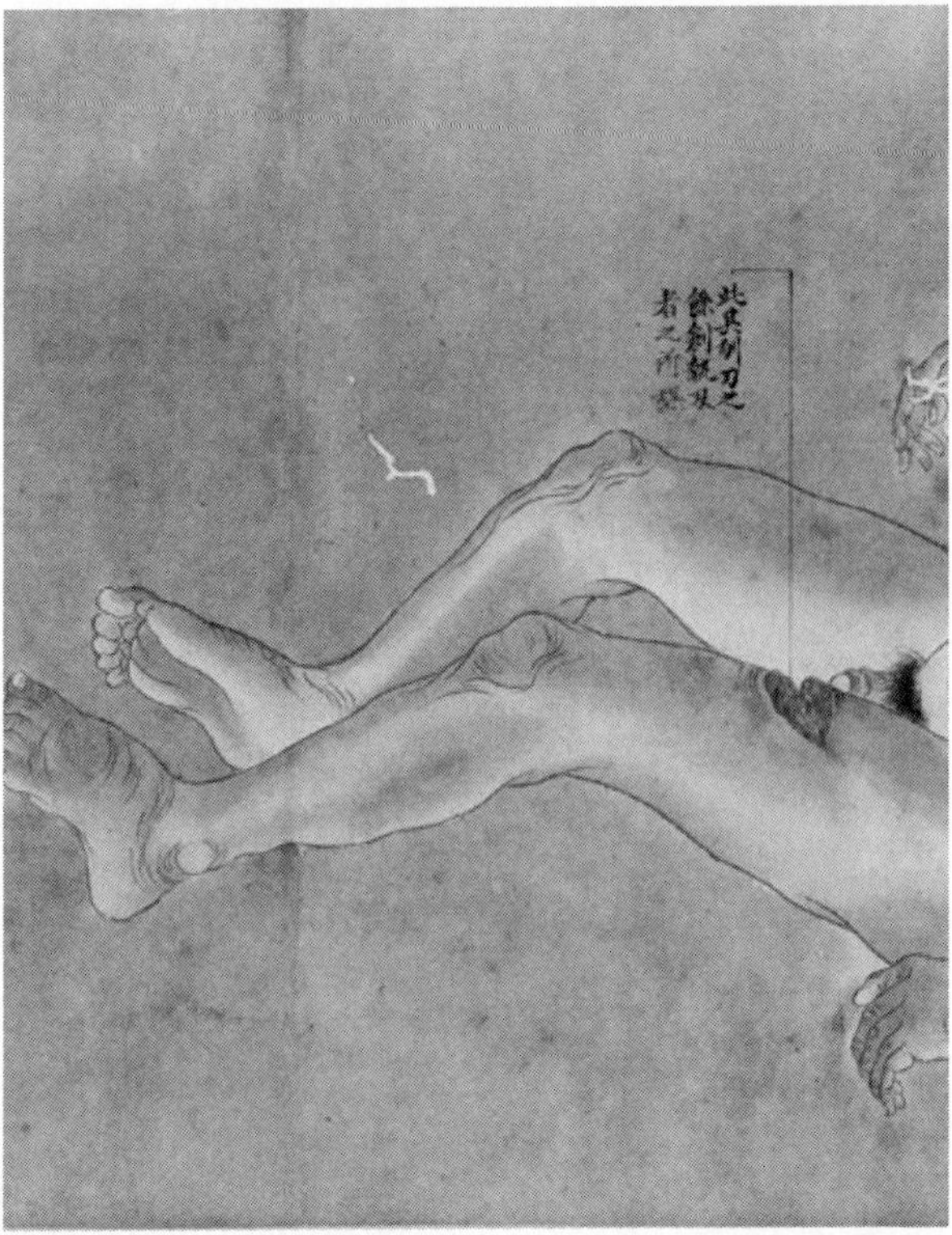
此其剖刀之
餘創缺及
者之所發

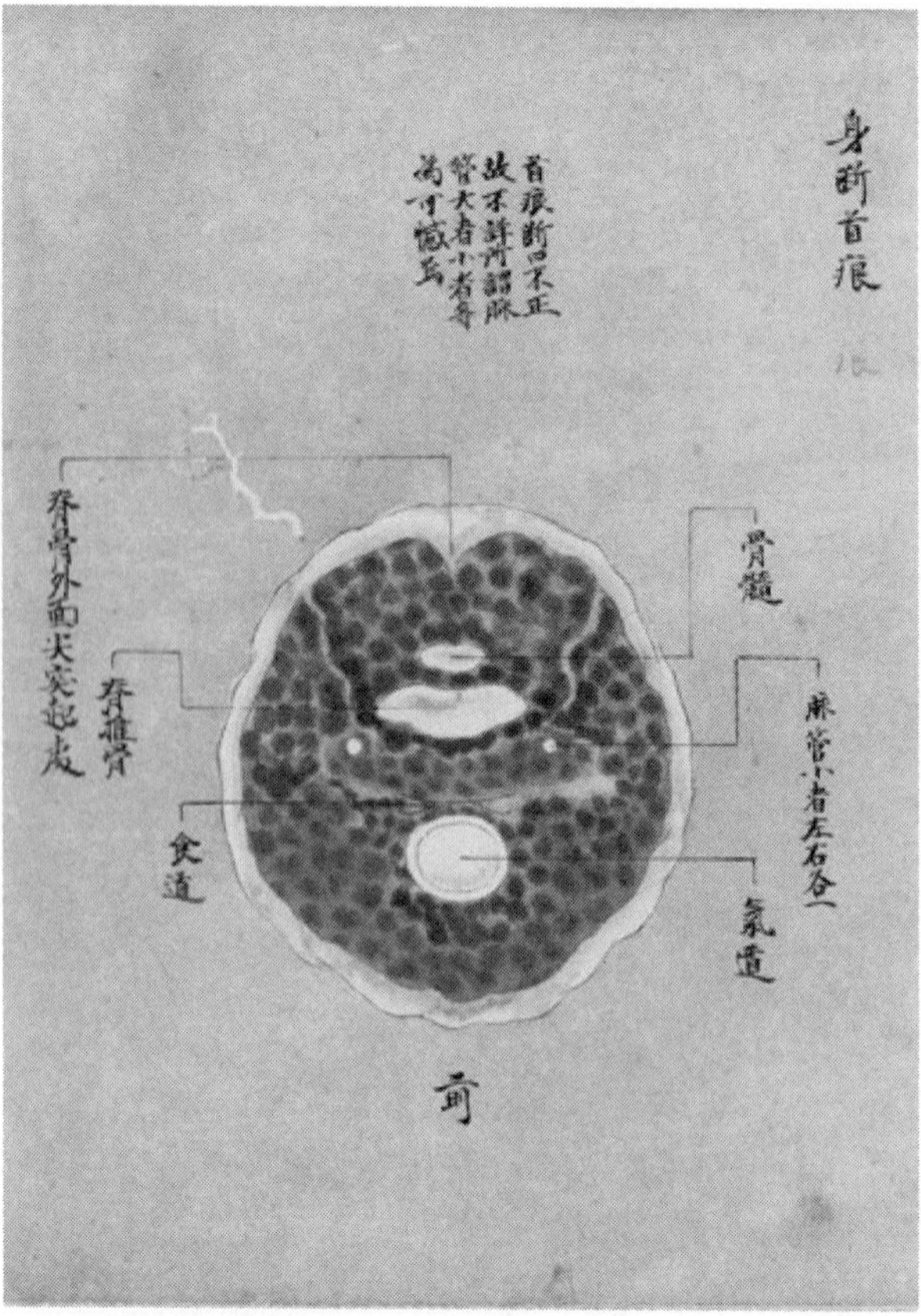

◇ 首の切断面
『宮崎彧解剖図』（寛政八年）、内藤記念くすり博物館蔵

◇ 斬首刑
『刑罪大秘録』（天保六年）、国会図書館蔵

◇ ちんこきり
『北雪美談時代加々見』（為永春水著）、国会図書館蔵

◇ 金精神

『尾上松緑百物語』（尾上菊五郎著、文政九年）、国会図書館蔵

目次

第一章　生　首

一

あたりが急に薄暗くなってきた。

商家のなかには、早くも軒先《のきさき》の掛行灯《かけあんどん》に灯《ひ》をともしているところもある。

浅吉《あさきち》が歩きながら西の空を見あげると、すでに上野《うえの》の山は真っ暗だった。しかし、山の末は夕陽を浴びて輝いている。

まもなく、暮六ツの鐘《かね》が鳴り響くであろう。

表通りに面した乾物屋と古着屋のあいだに、奥に入っていく路地がある。路地の入口の木戸門を見て、浅吉はちょっとほっとした。

（日が暮れる前に、どうにか着いた）

二十歳前後で、細長い顔に反《そ》っ歯が目立つ。頭を豆絞りの手ぬぐいで包み、着物は尻《しり》っ端折《ぱしょ》りして、足元は素足に草鞋《わらじ》だった。

天秤棒《てんびんぼう》で、前後に竹籠《たけかご》をかついでいる。

長屋の木戸門をくぐりながら、浅吉はいったん、にんまりと笑ったが、

(それにしてもな、くそっ)

と、内心で悪態《あくたい》をついた。

さきほどの情景を思いだすと、うらやましいと同時に、腹立たしくもある。

路地の中央にはドブ板が敷き詰められていて、下にはドブが流れていた。路地の右側には平屋の長屋、左側には二階長屋が続いている。

浅吉はドブ板を踏みしめながら、路地の奥に入っていく。

「おや、浅吉さん、遅かったね」

声をかけてきたのは、お八重《やえ》だった。

素足に下駄《げた》履きで、手桶《ておけ》をさげている。長屋の奥にあるゴミ捨て場に、ゴミを捨てにいった帰りらしい。

いつもなら、浅吉は陽が西に傾く前に、長屋に戻っていた。

「南瓜《かぼちゃ》が売れ残ってしまったものでね。歩きまわっていたものだから」

浅吉はもっともらしい弁解をした。

実際は、他人の情事をのぞき見していて時が経《た》つのを忘れたのだが、とても本当のことは口にできない。

ふと、売れ残った南瓜の処分を思いついた。

お八重の亭主《ていしゅ》は、棒手振《ぼてふり》の魚屋である。お八重は、売れ残りの魚を煮付にしたときなど、独り身の浅吉に届けてくれていたのだ。たまには、お返しをしなければなるまい。

「お八重さん、南瓜をもらってくれねえか。もしよかったら両方、持っていきなよ」

浅吉は天秤棒を肩から外し、竹籠を路地におろした。

南瓜はふたつ残っていたが、重さを均衡《きんこう》させるため、前と後ろの竹籠にひとつずつ載せていた。

足元は判然としないくらい暗くなっていたが、浅吉は身をかがめながら、後ろの竹籠の南瓜が、妙に変形しているのに気づいた。急に胸騒ぎがしてくる。

「おや、嬉《うれ》しいね。南瓜は大好きだよ」

そう言いながら、お八重が竹籠のそばにかがんだ。

やはり、南瓜のひとつが、形がいびつなのに気づいたようだ。

「おや、なんだい、これ」

「変だな」

ほぼ同時に、ふたりが手をのばして表面に触れた。

「ひえっ、か、髪の毛があるよ」

お八重があわてて手を戻す。

つられて、浅吉も手を戻し、

「まさか。脅《おど》かすなよ」

と言いながら、気味悪げに見つめる。

しゃがんでいたお八重が身をそらした拍子に、ぐらっとよろめき、ドブ板の上に尻餅《しりもち》をついた。突然、悲鳴をあげる。

「キャー」

すぐに、あちこちから長屋の住人が、路地に飛びだしてきた。

みな、口々に言った。

「いったい、どうしたんだね」

「いや、妙な具合で、おいらも、わからねえんだが」

浅吉はしどろもどろになった。

お八重が指先で竹籠の中身を示しながら、あえぐように言う。

「だ、誰か、明かりを持ってきておくれよ」

その言葉に応じて、ひとりがすでに灯《とも》していた行灯を、家の中から持ちだしてきた。

路地のドブ板の上に、行灯を置く。

そのとき、大家の彦兵衛《ひこべえ》も姿を見せた。

「風呂敷に包まれているな。おい、浅吉、風呂敷を解いてみろ」

「大家さん、勘弁してくださいよ。おいら、こういうことは苦手でして」

「苦手も糞《くそ》もあるか。てめえの荷だろうよ」

「へい、そりゃ、そうなんですがね」

浅吉が恐るおそる、萌黄《もえぎ》の風呂敷の結び目に指をかけた。

しかし、結び目が固いのに加え、みなの注目を浴びて気持ちが焦《あせ》るのか、なかなか解けない。

「おい、なにしてやがんだ。どじな野郎だな」

見物人のひとりがなじった。

浅吉はますます焦り、顔は汗びっしょりになっている。

ようやく結び目が解かれ、風呂敷がはらりと落ちた。
みな、ハッと息を呑《の》む。誰もひと言も発しない。
その静寂《せいじゃく》を破って、
「キャー」
と、またもや、お八重が悲鳴をあげた。
呼応《こおう》するように、すぐ近くで女の子が泣き叫《さけ》ぶ。
現われたのは、若い男の生首だった。
目は閉じていたが、口がかすかに開いていた。行灯の明かりに照らされ、どこ
となく笑っているかのようにも見える。
浅吉は腰が抜けたのか、その場にへなへなと尻餅をついた。
唇を震わせながら、
「これは、なにかの間違いですよ。たしかに、南瓜だったんですから」
と、泣きべそをかいていた。

二

南町奉行所の定町廻《じょうまちまわ》り同心、鈴木《すずき》順之助《じゅんのすけ》が歩きながら、ぼやいた。

「このところ、巡回で自身番に立ち寄って声をかけても、

『番人』

『ははーぁ』

『町内に何事もないか』

『へへーぇ』

という具合でな。

判《はん》でも捺《お》したように、同じようなやりとりばかりだ。ただ自身番めぐりをしているだけでな。まったく、おもしろくもなんともないぞ」

年齢は四十前後、格子《こうし》の袷《あわせ》の着物に、竜門《りゅうもん》の裏のついた三ツ紋付《もんつき》の黒羽織《くろばおり》を着ている。袴《はかま》をつけない着流しで、足元は白足袋《しろたび》に雪駄《せった》というういでたちだった。

やや下のほうに帯を締め、大刀は落とし差しにしている。脇差《わきざし》の横に十手《じって》を差しているため、歩みに連れて十手の朱房《しゆぶさ》が揺れた。

髷《まげ》は小銀杏《こいちよう》に結い、丸顔で、やや目尻がさがっているため、風貌《ふうぼう》に鋭利な雰囲気はなかった。身体も小太りで、とても俊敏《しゆんびん》には見えない。

風采《ふうさい》だけからは、町奉行所の役人というより、堅実な商家の主人のようだった。

「へへ、旦那《だんな》は事件をお望みですかい」

やや後ろを歩きながら、辰治《たつじ》が笑った。

辰治は岡《おか》っ引《ぴき》で、鈴木から手札《てふだ》をもらっている。

鈴木とほぼ同年齢で、背は高くないが、いかにも頑健《がんけん》そうな身体をしていた。角張った顔で、目つきに人を威嚇《いかく》するような険《けわ》しさがある。

縞《しま》の着物を尻っ端折りし、紺《こん》の股引《ももひき》を穿《は》いていた。足元は、白足袋に草履《ぞうり》である。

「おい、辰治、

『お奉行所のお役人が退屈なのは、世の中が平穏な証拠ですぜ』

なんぞと、利《き》いた風なことは言うなよ」

「へへ、わっしは、そんな野暮《やぼ》は言いやせんよ。人の死体が見つかったと知らされると、わっしは血沸き肉躍るほうですからね」

「ふうむ、すると、てめえは人が殺されたと聞くと内心、快哉《かいさい》を叫んでおるな。『よっし、人殺しじゃ』というわけだ」

鈴木が顔を向け、睨《にら》む真似をした。

辰治はニヤニヤしている。

早朝だけに、道には棒手振が多数、行き交っていた。それぞれ、天秤棒で豆腐《とうふ》や魚、剝《む》き身、野菜などをかつぎ、呼び声をあげながら歩いている。

そんな棒手振とすれ違いながら、ふたりのやりとりはまったく屈託《くったく》がない。まるで、呑気《のんき》に馬鹿話に興じているかのようだった。

「では、旦那は、どんな事件がよろしいんで？」

「そうだな、やはり謎《なぞ》めいた事件がよいな。その謎を、拙者《せっしゃ》が解くわけだ。身元不明の生首が転がっていた――なんてのは、どうだ。いかにも謎めいていて、ぞくぞくするではないか。

てめえ、手札をあたえているのだから、拙者のために、たまには生首のひとつやふたつ、見つけてこい」

「へへ、旦那、言われるまでもなく、お望みの物を見つけてきやしたぜ」

「え、なんのことだ」

「下谷《したや》山崎町《やまざきちょう》の自身番に行けばわかりやす。もう、すぐそこですぜ」

低い木の柵《さく》で囲われた、自身番の建物が見えた。屋根には物見台がもうけられ、半鐘《はんしょう》が吊《つ》るされている。

建物のそばに、突棒《つくぼう》、刺股《さすまた》、袖搦《そでがらみ》の三道具《みつどうぐ》が立てられていた。

引違え二枚の腰高障子《こしだかしょうじ》には、片方に自身番、もう片方に山崎町と筆太に書かれている。


自身番の前に立ち、鈴木が「番人」と声をかける必要はなかった。

早くも定町廻り同心の到来を知って、声がかかる前に自身番の腰高障子が開くや、中から町役人の弥左衛門《やざえもん》が顔を出したのだ。

五十前くらいで、結城縞《ゆうきじま》の羽織姿である。

「これは、鈴木さま。お待ちしておりました。畏《おそ》れ入りますが、ご検使《けんし》を、お願いいたします」

「うむ、なにか事件か」

「はい、町内の彦兵衛長屋という裏長屋で、昨日の夕刻、生首が見つかりまして、大騒ぎになっております。

　少々、お待ちを」

　弥左衛門がいったん、引っこむ。

　鈴木が声を低めて言った。

「てめえ、知っていたのか」

「へへ、じつは、昨夜のうちに、わっしは彦兵衛長屋に呼ばれたものですからね。しかし、旦那、ご安心ください。わっしは長屋の連中に、

『お役人のご検使を受けるまでは、いっさい生首に手を触れるな』

と厳しく命じておきましたよ」

「ほう、感心だ。てめえが釘《くぎ》を刺しておけば、長屋の連中も勝手に、生首を煮たり焼いたりはしまい」

「へへ、どうも」

　辰治が曖昧《あいまい》な相槌《あいづち》を打った。

　悪趣味な冗談に、さすがに返す言葉がないようだ。

　弥左衛門が現われ、横にいる男を紹介した。

「長屋の大家でございます。これから、ご案内をさせますので」

「へい、大家の彦兵衛でございます」

顔色が悪いのは、これから生じる面倒への不安からであろう。いまさらながら、大家の立場を悔《く》いているようでもあった。

真岡木綿《もおかもめん》の着物を着て、羽織は身につけていない。五十代のなかばくらいであろうか。いかにも気難しく、口うるさそうな容貌だったが、いまはいかにも殊勝《しゅしょう》な様子である。

「どういうことか、話してくれ」

鈴木が世間話でもするような、気軽な口調で言った。

だが、彦兵衛は、町奉行所の役人と直接向きあうのは初めてらしい。緊張しきった様子で、声も少し震えている。

「へい、畏れ入ります。

あたくしどもに、浅吉という、独り身の野菜の行商人が住んでおりまして。

昨日、暮六ツの鐘が鳴るちょいと前に、長屋に帰ってきたのですが、いつの間にか、売れ残りの南瓜のひとつが生首とすり替わっていたというのです。それから大騒ぎになりまして、へい、畏れ多いことで」

「その浅吉とやらは、長屋に帰ってきてから気づいたのか」

「へい、荷をおろしてから、初めて気がついたそうでございまして」

鈴木が首をかしげた。

「おい、ずいぶん間抜けな野郎じゃねえか。南瓜は重いぞ。途中ですり替えられたとしたら、いくらなんでも気づくだろうよ」

辰治が口をはさむ。

「そこは、わっしも妙だと思いやしてね。昨夜、長屋で浅吉に事情を聞いたとき、突っこんだんですよ。するってえと、野郎は、

『途中で立小便をしたとき、荷をおろしていました。その間に、南瓜と生首をすり替えられたのかもしれません』

と、答えていました」

「ふうむ、なるほど。

いったん荷を地面におろし、しばらくして天秤棒でかついだら、少々の重さの違いは気づかないかもしれぬ。

うむ、いちおう、辻褄《つじつま》は合うな。

それとも、まったくの作り話で、長屋の連中で結託《けったく》しているとも考えられる。

死体の始末に困り、バラバラにして捨てるつもりが、あいにく、生首が人に見つかった。それで、苦しまぎれの作り話となった……」

「いえ、作り話など、滅相もございません。天地神明に誓《ちか》って、本当でございます」

彦兵衛は真っ青になっている。

そばで、辰治は笑いをこらえていた。

鈴木は生真面目な表情を崩《くず》さない。

「真相を解明するには、生首に対面し、浅吉とやらの話を聞く必要があるな。ようし、長屋に案内してくれ」

「へい、かしこまりました。ご案内いたします」

「そうだ、生首を検分するとなると、蘭方医《らんぽうい》に立ち会ってもらったほうがよいな。おい、辰治、ご苦労だが、ひとっ走りして、沢村伊織《さわむらいおり》先生を呼んできてくれぬか」

「へい、かしこまりやした。先生の家は下谷七軒町《しちけんちょう》ですから、さほどかかりやせんよ。

あの先生は、死体や骨をいじくって、いろいろ推量するのが好きなようですからね。生首が見つかったと言えば、押《お》っ取《と》り刀《がたな》で、いや、押っ取り薬箱で駆けつけるはずですよ。

有名なシーボルトの弟子《でし》らしいですが、ちょいと浮世離れしたところがありやすぜ。わっしは、あの人柄は、嫌いじゃないですがね。

さて、往診で外出していなければよいのですが」

鈴木の指示を受け、辰治が急ぎ足で出ていった。

そのあと、彦兵衛が先に立ち、彦兵衛長屋に向かう。鈴木には、鈴木家の中間《ちゅうげん》が挟箱《はさみばこ》をかついで従っていた。

三

「ここでございます」

大家の彦兵衛が示したのは、路地の右側に続く平屋の長屋の一室だった。

入口の腰高障子には、

あさ吉　せんざい

と、稚拙《ちせつ》な文字で書かれている。

前栽《せんざい》は、青物や野菜のことだが、平仮名で書いていた。浅吉自身が書いたのであろう。

裏長屋では、昼間は明かりを採り入れるため、冬でも腰高障子を開け放すのが普通である。ところが、ぴたりと閉じられていた。

「おい、浅吉、お奉行所のお役人のご検使だ。開けるぞ」

そう声をかけながら、彦兵衛が腰高障子を開けた。

それまで薄暗かった室内に光が差しこむ。

腰高障子の内側は、せまい土間になっていて、右手にへっついがある。へっついの横に流しがあり、そばに水瓶《みずがめ》が置かれていた。さらに、商売道具である天秤棒と竹籠も置かれている。

土間をあがると、六畳ほどの畳敷きの部屋だった。

その部屋の中ほどに、浅吉がひとり座っていた。それまであぐらをかくか、寝転がっていたのであろうが、大家の声を聞いてあわてて正座したらしい。手で、着物の裾《すそ》をととのえている。

鈴木が土間に足を踏み入れ、声をかけた。

「そのほうが浅吉か」

「へい、さようでございます」

「首はどこじゃ」

「へい、ここにございます」

浅吉が米櫃《こめびつ》の後ろから、盥《たらい》を引き寄せた。

盥《おお》は豆絞りの手ぬぐいで覆われ、しかも盛りあがっている。ここにいたり、鈴木は浅吉が、入口の腰高障子を締めきっていた理由がわかった。

首を置いているため、長屋の住民が路地から無遠慮に、浅吉の部屋をのぞきこむからであろう。そんな好奇の視線がわずらわしいので、薄暗くなるのを我慢して、腰高障子を閉じていたらしい。

「首の番をしていたとは、感心じゃ」

大刀を帯から外し、鈴木は上框《あがりかまち》に腰をおろした。

浅吉はかしこまり、頭をさげる。

「へ、へい、畏れ入ります」

やつれた表情をしていた。

せまい室内で、布に覆われているとはいえ、生首と一夜をともに過ごしたのである。おそらく、ほとんど眠れなかったのであろう。

「もっと前に出し、かぶせている物を外せ」

「へい、では」

浅吉が手ぬぐいを取り、さらに風呂敷を取り去った。

鈴木が、土間に立っている彦兵衛に言った。

「この顔に心あたりはあるか」

「いえ、ございません。昨日、長屋の連中にも尋ねたのですが、誰も知らないそうでございます」

「もちろん、あたくしも初めて見る顔です」

浅吉が付け加える。

鈴木は首を倒し、切断面をながめた。

「ふうむ、すぱりと斬《き》っているな」

同時に、『無冤録述《むえんろくじゅつ》』の記述を思いだしていた。

生きて居る時首を刎落《はねおと》したのは首筋《くびすじ》が縮《ちぢ》まりこんで短かくなり、死んで後に首を刎《は》ねはなしたのは首筋が縮まらず長ふして其《そ》まゝのろりと伸して居るなり。

首を切断して殺害したのか、死後に首を切断したのかの見分け方が書いてあるのだが、実際に切断面をながめても、どちらが該当《がいとう》するのか判然としない。『無冤録述』には、こういう記述もあった。


死んで後に刃物を以《もっ》て截《きり》たる疵《きず》は切口が乾《かわい》て其《その》色白く血も出てなし。捻《ひね》りて見ればたゞの清《すん》だ水が出るなり。


鈴木は内心、苦笑した。

（やはり、蘭方医に検死してもらうしかないな）

『無冤録述』は、町奉行所の役人にとって検死の手引書である。およそ六十年前の明和《めいわ》五年（一七六八）に、わが国で刊行された。

だが、その内容は、中国の南宋《なんそう》末に刊行された検死の手引書『洗冤録《せんえんろく》』を、わが国の実情に合わせて書き直したものだった。

つまり、『無冤録述』の知見は、およそ六百年前に書かれた『洗冤録』の引き写しにすぎない。六百年前の中国の医学知識なのだ。

鈴木にかぎらず、『無冤録述』の内容を心もとなく感じている町奉行所の役人は少なくなかった。

そんなこともあり、非公式ではあったが、町奉行所は蘭方医・沢村伊織に検死医を依頼したのである。


伊織の到着を待つあいだ、鈴木はあらためて浅吉を尋問《じんもん》することにした。

というのも、釈然《しゃくぜん》としないものが、頭にわだかまっていたのだ。

「そのほう、立小便をするため荷をおろしているあいだに、南瓜《かぼちゃ》と首をすり替えられた、と申しているそうだな」

「へい、さようでございます」

「立小便をしたのは、どこだ」

「ど、どこと言いましても。あっし、いえ、あたくしは小便が近いものですから、あちこちで小便をするんですよ」

浅吉がしどろもどろになる。

鈴木は浅吉の動揺を見逃さなかった。

「行く先々で立小便をするなど、まるで犬同然だな。

では、長屋に戻る前に、最後に立小便をしたのはどこだ」

「え、ええと、お稲荷《いなり》さんの所です」

「そのほう、稲荷社の境内《けいだい》で小便をするとは、罰当たりではないか。まさか、社殿に小便をかけたのではあるまいな」

「いえ、まさか。畑の中にある、荒れ果てた稲荷社でして。社《やしろ》の裏手は藪《やぶ》のようになってますんで、そこで、へい」

「ああ、あそこか」

彦兵衛がつぶやく。

すかさず、鈴木が言った。

「そのほう、知っておるのか」

「へい。坂本村《さかもとむら》にある稲荷社ですが、いまは世話をする人もなく、打ち捨てられております。なにかと噂《うわさ》のあるところでしてね。

おい、あそこか」

「へい、そうです」

浅吉が小声で答えて、下を向く。

鈴木がさらに尋ねた。

「噂とは、どんな噂だ」

「畑の中とはいえ、ここからは近いですからね。町内の男と女の密会の場所になっているとか、男と女が乳繰《ちちく》りあっているとか。そんな噂を小耳にはさんだことがございます」

「ふうむ、なるほど。重宝《ちょうほう》している者もいるということか」

鈴木はしばらく考えていた。

路地を行き交う足音はひっきりなしで、あちこちで子どもの声や、赤ん坊の泣き声がする。

「そのほうが長屋に着いたのは、暮六ツの鐘が鳴る直前だったそうだな」

「へい、さようでございます」

「すると、そのほうが立小便をしたときは、まだ明るかったはずだ。足元に荷を置いておれば、誰かがすり替えようとして近づいてきたら、気づくはずではないか」

「いえ、あの、荷を広い場所におろして、あたくしは草むらのほうに行って小便をしたものですから。と言いますか、荷に背を向けていたものですから、へい、気づきませんでした」

またもや、浅吉がしどろもどろになる。

鈴木がやおら帯に差した十手を抜き、畳をとんと突いた。

「そのほう、隠し事をすると、ためにならぬぞ。稲荷社で、なにをしておった。正直に申せ。そのほうが申せぬなら、拙者が言ってやろうか」

「いえ、あの、まあ、申しあげますが……」

浅吉はうろたえていた。

顔を赤らめ、額から汗が滲《にじ》んでいる。ちらと、上目遣《うわめづか》いに彦兵衛を見た。

鈴木が彦兵衛に言った。

「すまぬが、しばらく、ふたりきりにしてくれぬか。そのほうは、いったん、家に戻るがよかろう」

「さようでございますか、では、仰《おお》せのとおり、あたくしは家に帰りますが」

そう言いながら、彦兵衛が忌々《いまいま》しそうに浅吉を睨んだ。

大家として事件に巻きこまれるのは避けたい一方で、やはり、のけ者にされるのはおもしろくないようだ。

彦兵衛がやや荒々しい足音を立てて去ったあと、鈴木は供の中間に、立ち聞きをされないよう、路地で見張りをするよう命じた。

「その前に、頼みたい。煙草盆《たばこぼん》の火入れに火がない。大家の家に行って、炭火をもらってきてくれ」

鈴木は、浅吉の部屋の煙草盆に火がないのを見て、さきほどから煙草を吸いたくてむずむずしていたのだ。

「へい、かしこまりやした」

中間が大家の家に、火をもらいにいく。

のけ者にされたあげく、炭火を要求され、彦兵衛としては憤懣《ふんまん》やる方ない気分であろう。

＊

鈴木は懐《ふところ》から、懐中《かいちゅう》煙草入れを取りだした。

更紗《さらさ》製の袋から刻み煙草をつかみだし、煙管《きせる》の雁首《がんくび》の火皿に詰める。煙管を煙草盆の火入れに近づけて火をともし、吸口をくわえて吸いこんだ。

フーッと煙を吐きだしたあと、鈴木が煙草入れを押しやった。

「吸うがいい。国分《こくぶ》だぞ」

「へい、ありがとうございます。ちょうど、煙草を切らしていたものですから。では、遠慮なく」

浅吉は相好《そうごう》を崩すと、さっそく自分の煙管を取りだし、刻み煙草を詰める。同じくフーッと煙を吐きだしたあと、目を細めた。

「うまい煙草でございますな。あたくしなんぞ、日頃、国分煙草なんぞは吸えませんから」

「一服したら、話してもらうぞ」

「へい、お恥ずかしい次第《しだい》ですが」

そう前置きして、浅吉が話しはじめる——。


道の右側には田畑が点在していたが、その背後には上野の山がある。木々の緑のあいだから、寛永寺《かんえいじ》の壮大《そうだい》な伽藍《がらん》が見えた。

浅吉は歩きながら、南瓜がふたつ売れ残ったのが、やや残念だった。

道の左側も田畑が多いが、ところどころに百姓家がある。田畑のあいだに、荒れた空き地があった。

空き地には草が生い茂っていたが、奥に廃屋《はいおく》がある。もとは稲荷社だったらしいが、いまは打ち捨てられていた。

前方から歩いてきた若い女が、すばやくあたりを見渡したあと、道からすっと逸《そ》れて、廃屋のほうへ入っていく。

そのとき、女の横顔が見えた。

（おや、あれは、ちんこきりのお満《まん》じゃねえか）

浅吉はハッとした。

（おっ、さては、男と逢引きかな……）

これからのことを想像すると、浅吉は舌舐《したな》めずりしたいほどだった。

お満は、近所の目高屋《めだかや》という煙草屋の娘である。たしか十五歳だが、町内では男関係が奔放《ほんぽう》なので有名だった。

噂話で、話題がお満に及ぶや、

「ああ、ちんこきりの……」

と、ニヤリとする男が多かった。

ちんこきりは、漢字では「賃粉切」と書き、手間賃を取って、包丁《ほうちょう》で煙草の葉を刻《きざ》むことである。また、煙草の葉を刻む職人のことも、ちんこきりと言った。

お満に「ちんこきり」の仇名《あだな》がついたのは、煙草屋の娘なのはもちろんだが、

「あの調子では、男の千人切りをするつもりではあるまいか」

「ちんこを千本切るつもりではあるまいか」

などという風評が、もとになっていた。

要するに、口では淫乱女や尻軽女と蔑《さげす》みながら、できることなら自分もうまいこと相伴《しょうばん》にあずかりたいという、男たちの好色な好奇心が背景にあった。

（お満が俺に気づいた様子はなかったな。ようし）

浅吉は足音を忍ばせ、境内に入っていく。もし顔を合わせれば、立小便をしに立ち寄ったふりをするつもりだった。

お満の姿は見えない。社殿の裏側にいるに違いなかった。

天秤棒で荷をかついだままでは、身動きがとれない。

かといって、道から見える場所に放置すれば、商売道具を盗まれてしまうおそれがある。

そこで、浅吉は天秤棒と、南瓜の入った竹籠を、草むらの中に隠した。

これで身軽になった浅吉は、身体をかがめながら、そっと社殿の裏手にまわりこむ。

草むらのあいだからのぞくと、荒れた社殿に隠れるようにして、お満がひとりたたずんでいるのが見えた。

(誰かを待ってるな。間違いない)

浅吉は、顔や首筋に群がってくる小さな虫に悩まされながらも、じっと草むらの中で待ち続けた。

お満が動いた。

男がやってきたのだ。あいにく、浅吉の場所からは男の顔は見えなかった。

ふたりは声をひそめて、なにやら話している。話の内容は、浅吉には聞き取れない。

見ていると、お満の身体が急に抱き寄せられた。続いて、素足に下駄を履いたお満の両脚が、やや開いたようである。

(畜生《ちくしょう》め、指で、くじってやがるな)

男は指を、お満の陰部にのばしているに違いない。

だが、浅吉の場所からはお満の背中しか見えないため、なんとも、もどかしい。

よく見える場所に、四つん這《ば》いになってそっと移動する。

「ここじゃ、駄目よ。着物が汚れるから」

「後ろからすれば、いいじゃねえか」

　ふたりの会話が聞こえた。

（え、後ろからってことは、犬の格好でするつもりか。うへっ、こりゃ、すげえや。見逃せねえぜ）

　浅吉は口の中がからからだった。

　心臓の鼓動は早鐘のようである。

　もっと近くから鑑賞しようと、四つん這いになって接近した。

　そのとき、草の葉が鼻をくすぐった。懸命にこらえようとしたが、こらえきれず、クシュンとくしゃみをした。鼻水が垂れる。

「だ、誰だ」

　男が怒声《どせい》を発した。

　続いて、草を踏みしだく荒々しい足音がする。

　浅吉はのぞきが見つかったと思った。

　捕まり、顔を見られては大変である。腰を低め、必死になって草むらの中を走って逃げた。

　途中でこけたが、そのまま四つん這いで逃げた。大きな木があったので、その陰《かげ》に身を隠す。

しばらく木の陰に隠れていると、静かになった。そっと、社殿のほうをうかがうと、すでにお満と男の姿も消えているようだ。

あたりに人の気配はない。

（しまった、商売道具を忘れていた）

気づいた途端、浅吉は頭を丸太ん棒で殴られたような衝撃を覚えた。

あわてて、隠したあたりに戻ると、天秤棒と竹籠はそのままだった。

（フーッ、よかった）

浅吉は安堵《あんど》のため息をつくと、すぐに天秤棒を肩にかける。一刻も早く、この場を離れたかった。


「――と、まあ、こういうことでして。気が動転していたので、竹籠の中には気がまわらなかったのです。お恥ずかしい次第で」

浅吉が話し終え、頭を掻《か》く。

鈴木は煙管の雁首をコンと叩《たた》いて、灰を煙草盆の灰落としに落とした。

「すると、肝心のところは見そこなったわけだな。ふうむ、犬の格好の『ちんちんかも』は、拙者も見たかったぞ」

ちんちんかもは性交の意である。

その鈴木の気さくな言葉に、浅吉も安心したようだった。つい、口が軽くなる。

「そんなわけですので、あたくしは生首と南瓜がすり替わっているのに気づかなかったのです。すり替えは、あたくしが草むらにひそんで、のぞきをしていたあいだに違いありません」

路地に数人の足音がした。

「ここですぜ」

という、岡っ引の辰治の声がする。

沢村伊織が到着したようだ。

「ご苦労でございますな。大家でございます」

彦兵衛が挨拶《あいさつ》している。

この機会に、自分も検死を見学するつもりらしい。

四

漢方医《かんぽうい》は剃髪《ていはつ》して、黒羽織を着こみ、腰に脇差を差しているのが一般的だった。しかし、蘭方医の沢村伊織は総髪《そうはつ》で、髪は後ろで紐《ひも》で束ねている。

脇差も身につけていないが、竹の杖《つえ》を手にしていた。べつに足が悪いからではなく、杖は護身用《ごしんよう》だった。

二十代のなかば過ぎくらいである。袴はつけず、着流しに黒羽織姿だった。足元は白足袋に草履である。

薬箱を持って伊織に従っているのは弟子の助太郎《すけたろう》で、元服《げんぷく》前なのでまだ前髪がある。素足に下駄履きだった。

弟子と言っても、助太郎は医術を習っているわけではない。伊織のもとで手習いをし、オランダ語の初歩も稽古《けいこ》していたが、ともに目覚ましい上達とは言いがたい状況だった。

だが、師匠が町奉行所の依頼で検死に出かけるとき、薬箱を持って供をするのがなにより楽しいらしく、人には「おいらは蘭方医の弟子だ」と吹聴《ふいちょう》していた。

「旦那、沢村先生ですぜ。小汚《こぎたな》いところですが、先生、どうぞ」

岡っ引の辰治が、伊織を室内に通す。

他人の住まいにもかかわらず、平気で小汚いと称していた。

ほとんど家財道具はないとはいえ、六畳ほどの部屋である。住人である浅吉、同心の鈴木順之助、伊織と助太郎、それに辰治の、合わせて五人が座ると、もう身動きがとれないほどだった。

そんな五人の中央に、生首が鎮座《ちんざ》している。

大家の彦兵衛は、土間に立ったままだった。鈴木の供の中間は路地に立っている。

「暗いですな。入口の障子を開けていただけませぬか」

伊織が、土間に立っている彦兵衛に頼んだ。

辰治も横から言う。

「人いきれでムッとするせいか、首が臭《にお》いやすぜ」

彦兵衛は路地からの視線を気にしていたようだが、ふたりの要請を受け、しかたなさそうに腰高障子を開けた。

室内に光と風が入る。

その後、彦兵衛はひとり、うなずいている。

たとえ腰高障子を開け放っても、自分が土間、中間が路地に立っていれば、室内をのぞきこむことはできないとわかったようだ。


鈴木が伊織に、首が見つかったいきさつを簡潔《かんけつ》に説明した。

「わかりました。では、見ていきましょう。

虫眼鏡を出してくれ」

伊織に命じられ、助太郎が薬箱から虫眼鏡を取りだして渡す。

鈴木がまず尋ねた。

「死んでからどのくらいですかな」

「身体があれば、手足の関節の硬直具合で判断できるのですが、それができませぬ。

顔全体の皮膚《ひふ》が、青味を帯びています。これから判断して、死後丸一日というところでしょうか」

「死因はなんですかな。つまり、首を切断して殺害したのか、殺害後、首を切断したのか」

「身体がないので、それも判断しにくいのですが……まずは、頭部を見ていきましょう」

伊織は虫眼鏡で、生首の各所を子細に見ていく。

最後に、助太郎に生首を逆さにして持たせ、頸《くび》の切断面を調べた。

助太郎は、まったく気味悪がる様子はない。むしろ生首を両手でささえて、得意そうだった。

「頭部や顔面に打撲《だぼく》の痕跡《こんせき》はありません。

そして、切断面を見ると、頸がいわゆる一刀のもとに、すっぱりと切断されているのがわかります」

「わっしはいま思いついたんですが、もしかしたら斬首《ざんしゅ》された首ではないですかね。小塚原《こづかっぱら》か鈴ヶ森《すずがもり》の刑場《けいじょう》から、盗みだしたのかもしれませんぜ」

辰治が口をはさんだ。

「思いつきとしては、なかなか秀逸《しゅういつ》だ。褒《ほ》めてやる。だが、斬首刑で、それほどきれいに頸が切れるのは稀《まれ》でな」

鈴木はそう言いながら、やはりここで斬首刑の実態について、きちんと述べていたほうがいいと感じた。いわば、絶好の機会であろう。

とくに、蘭方医の伊織に聞いてほしい気がした――。


「じつは、拙者はかつて番方《ばんかた》若同心だったころ、罪人首打役を仰《おお》せつかっておりましてな。小伝馬町《こでんまちょう》の牢屋敷の刑場で、罪人の首を斬る役目です。

拙者は子どものころから神道無念流《しんとうむねんりゅう》の道場に稽古に通い、免許も受けました。内心、自信があったのです。自分の腕をもってすれば、首を一刀のもとに斬り落とすなど簡単だ、と。

世間でも、首切役人は一刀のもとに罪人の首を断ち斬ると、買いかぶっているようです。

ところが、拙者が振りおろした刀は骨にあたって、はね返りました。斬ることができなかったのです。

あのときは、焦りましたぞ。頭に血がのぼり、全身から汗が吹きだしましてな。

あわてて二刀目を振りおろしたのですが、やはり骨に弾《はじ》かれました。

そのとき、拙者の頭の中にあったのは、

『早く殺さなければ、早く殺さなければ』

という焦燥《しょうそう》でした。

早く人を殺そうと、焦ったのです。

むごいように聞こえるかもしれません。しかし、どっちみち首を斬られる運命なら、できるだけ速《すみ》やかに、可能なら瞬時に、首を断ち斬ってやるのが慈悲《じひ》なのです。

首斬りを失敗すれば、たとえ罪人とはいえ、苦しみを長引かせることになりますからな。

ようやく三刀目で、首を斬り落としました。

そのとき、拙者は全身から力が抜け、虚脱《きょだつ》状態と言いましょうか、その場に膝《ひざ》から崩れ落ちそうでした。

そして、わかったのです。

竹刀《しない》で撃ちあう道場剣術と、刀で生きている人間の首を斬るのは、まったく別ものなのです。たとえ道場剣術で免許皆伝《かいでん》を得ても、刀で生身の人間の首は斬れません。

拙者は最初の斬首で醜態《しゅうたい》を演じたわけですが、その後も何回か首切役を仰せつかりました。一刀のもとに、きれいに首を斬り落とせたのは、わずかに一回のみでしたな。

これは、拙者にかぎりません。

一刀のもとに首をすぱりと斬り落とすなどは、滅多にないのです。

斬首された首を見ると、切り口はたいてい斜めになっていますな。切断面が上に逸れて、下顎《したあご》に斬りこんでいたり、または下にずれて肩口まで斬りこんでいたりする例もあります。なかには、首を落としたものの、勢いあまって刀が罪人の膝頭《ひざがしら》にまで斬りこんだ例もありました――」

みな黙って聞き入り、身じろぎもしない。

岡っ引として鈴木に従ってきた辰治にしても、初めて聞く打ち明け話なのであろう。やや意外そうに、鈴木の顔を見つめていた。

とくに助太郎は一時期、剣術に熱中していただけに、鈴木の語る内容に凝然《ぎょうぜん》としている。

浅吉は目の前に生首があるだけに、顔面は蒼白《そうはく》になっていた。

土間に立ったままの彦兵衛も顔が青ざめ、吐き気を覚えているようだった。

伊織が口を開いた。

「いまの鈴木さまのお話で、よくわかりました。この生首は死後、切断されたものです。それは、切断面の形状や、包んでいた風呂敷に、ほとんど血痕《けっこん》がないことからも裏づけできます」

「刃物はなんでしょうか」

「おそらく、包丁だと思われます。脇差でも可能でしょうね」

「大刀でさえ手こずるのに、小さな包丁や脇差で首を切断するのが、可能ですかな」

鈴木はやや腹立たしげに言った。

伊織が生首の頸部《けいぶ》を示す。

「首の骨は、七個の頸椎《けいつい》と呼ばれる骨で構成されています。平たい頸椎が七個、積み重なっているのです。

そのため、頸椎と頸椎のあいだに刃を入れ、片手を刃の背に押しあてて、ぐっと力をこめて押せば、ほとんど抵抗なく、スーッと切れるのです。大根を切るより簡単かもしれません。

刀による斬首が難しいのは、生きている人間の頸部を横から、しかも立った位置から見おろして、頸椎と頸椎の境目を見極めるのが困難だからにほかならないでしょう。

ご覧ください。頭から見て二番目の第二頸椎が、喉仏《のどぼとけ》と呼ばれる骨ですが、この首は第二頸椎と第三頸椎のあいだで、きれいに切断されています。

横たわっている死体の頸部に包丁の刃をあて、初めのうちは骨にはばまれていたかもしれませんが、そのうち第二頸椎と第三頸椎のあいだに刃が入り、そのまま力をこめると、するりと切断できたに違いありません。

死体の首を切断するのは、包丁や脇差で充分に可能です」

「ふうむ、なるほど。死んだ男の首を、包丁か脇差で切り落としたことになりますな。

うむ、それに違いなかろう」

鈴木が結論づけた。

伊織が生首を包んでいた風呂敷を手に取り、

「さきほど検分したとき、いわゆる死体の臭いとは別な臭いを感じたのですが、なんでしょうな」

と、鼻にあてて嗅《か》いだ。

辰治が受け取り、嗅いだ。

「これは、葉煙草の匂《にお》いですぜ」

「葉煙草だと。貸してみろ。

うむ、たしかに葉煙草の匂いだな」

鈴木も風呂敷を嗅いでみて、認めた。

ふと、思いついて、浅吉に目を向ける。

「そう言えば、てめえが乳繰りあっているところをのぞこうとした、お満という女は、煙草屋の娘だったな」

「へい、それで『ちんこきりのお満』と呼ばれているわけでして、へい、ほかの意味もあるようですが、へい」

おどおどしながら、浅吉が答える。

彦兵衛はいかにも苦々しそうな顔をしている。

「ふ〜む、煙草がかかわっているのかもしれぬな」

鈴木が腕組みをした。

風呂敷を受け取った伊織が、あらためて虫眼鏡で子細に見ていく。続いて、助太郎に薬箱からピンセットを取りださせた。

「小さな金粉《きんぷん》のようなものが、いくつか布地に付着《ふちやく》しております」

伊織はピンセットで微細《びさい》な金属片《へん》をつまむと、懐紙《かいし》を広げて丁寧《ていねい》に回収する。

辰治が言った。

「先生、そんな物で、なにかわかりますかい」

「なにかわかるかどうか、わかりません。しかし、あとになって、原因や理由につながることがあります」

「先生の言うことは、どうも難しいですな」

「おい、辰治、そんなことより、肝心のこの首の男が、どこの誰かなのかが不明だぞ。う〜ん。

なにか、身元を調べるよい方法はないかな」

腕組みをしたまま、鈴木がうなった。

辰治が提案した。

「旦那、自身番の前庭に首を晒《さら》してはどうですか。

首の横に、

『この男を知っている者は、申し出よ』

と書いた札を立てましてね」

「それは拙者も考えた。しかし、首だけだからな。まるで獄門《ごくもん》だぞ。自身番に獄門台を置くわけにもいくまい」

彦兵衛が「そうです、そうです」と言わんばかりにうなずいている。自身番に獄門台もどきを設置し、町役人から叱責《しっせき》される事態を心配しているに違いない。

「ともかく、生首をこのままここに置いておくわけにもいくまい。じきに、臭いだすぞ。埋葬《まいそう》するしかあるまい。

そのほう、手配を頼むぞ」

突然、仕事を命じられ、彦兵衛はややうろたえていた。

「へ、へい。どうすればよろしいので」

「自身番に詰めている町役人の弥左衛門と相談し、町内の責任で、適当な寺の墓地に埋葬するがよかろう」

「はい、しかし、首はどうやって運びましょうか」

「長屋まで運んできた者が、責任を持って最後まで運ぶべきであろうよ」

鈴木が浅吉に視線を向ける。

浅吉は、なんとも情けなさそうな顔になった。

「へ、へい、かしこまりました。自身番まで、盥に乗せて運びます」

「さて、これで引きあげますかな。なにか新しいことが判明するまで、我らになにもできることはあるまい」

鈴木が立ちあがろうとする。

伊織が言った。

「稲荷社を調べてはどうでしょうか。もしかしたら、草むらの中に、首のない死体が横たわっているかもしれません」

鈴木は虚を衝《つ》かれたような表情になる。

すっかり忘れていたのだ。

「う～む、そうだったな。うっかりしておりました。よし、これから行こう。そのほう、案内しろ」

浅吉が道案内に立つのを知り、今度は彦兵衛がうろたえている。

「すると、この首を運ぶのはどうなりますか」

「大家の責任じゃ。首は、そのほうが自身番に運べ」

「そ、そんな。あたくしが生首を、自身番まで運ぶのですか」

彦兵衛は泣きべそをかいていた。

五

浅吉が先に立ち、同心の鈴木順之助、岡っ引の辰治、鈴木の供の中間、そして沢村伊織と助太郎が続いた。

道から逸《そ》れて、境内に入る。

ひとけはなく、森閑《しんかん》としていた。奥に荒れた社殿がある。その裏手で、お満と男は逢引きをしていたことになろう。

浅吉が草むらを示した。

「このあたりに荷を隠しました」

「おい、辰治、周辺を調べてみろ」

鈴木が命じた。

辰治が草を搔き分けて進む。

続いて伊織も草の中に足を踏み入れたが、助太郎も同行している。

しばらくして、助太郎が叫んだ。

「ここに、南瓜《かぼちゃ》が落ちています」

早くも発見したのだ。

まるで獲物を捕えた猟犬《りょうけん》のように、得意げに南瓜を抱《かか》えあげている。

「同じ南瓜か」

鈴木が尋ねる。

浅吉は助太郎から南瓜を受け取り、手で重さをはかりながら、しげしげとながめた。

「たぶん、これだと思います」

「ふうむ、すり替えられたという、そのほうの話に偽《いつわ》りはないようだな」

その後も、辰治と伊織、助太郎は草むらを丹念《たんねん》に調べている。

やがて、辰治が鈴木に報告した。

「旦那、首なし死体らしきものはありやせんぜ」

「そうか、もう戻れ。

そのほう、お満と男が乳繰りあっているのを、どこからのぞいたのか」

鈴木に問われ、浅吉が草むらの一画に案内した。

「このあたりから、のぞいたのです」

鈴木はその場に腰をかがめ、社殿の裏手を見た。

「ふうむ、たしかに、ここからだと、男が女の股座《またぐら》に手を差しこんでいるのは、見えなかったろうな。

そのほうの言い分に偽りがないのは、このことからもたしかだ」

ふと、鈴木が目をやると、伊織はまだ草むらの中に残り、杖で草を払いながら、なにやら調べている。ときおり、ほとんど這いつくばるようにして、虫眼鏡で地面をのぞいているようだ。

辰治が、あきれたように言った。

「あの先生、いったい、なにをしているのでしょうね。呼びましょうか」

「まあ、好きにさせておいたほうがよかろう。

さて、一服したいところだが、火がないからな」

鈴木が残念そうに言った。


しばらくして、みなが待つ場所に、伊織がようやく戻ってきた。

「先生、みんな、待っていたんですぜ。なにを調べていたんですかい」

「それは申しわけない。どうしても気になったものですから。

地面や草の葉に血の痕跡がないか、調べていたのです。もうひとつ、草の茎が人の形に倒れているところがないか、調べていたのです。

ともに、ありませんでした。

ということは、次のふたつが断言できます。

ひとつ、あの生首の男はこの場所で刺殺《しさつ》され、あるいは斬殺《ざんさつ》されたのではない、ということ。もしそうであれば、草の葉や茎、地面に血痕が残っているはずです。

それが、ありませんでした。

ふたつ、あの生首の男は絞殺《こうさつ》など、血の流れない方法で殺され、ここで首を切断されたのではない、ということです。もしそうであれば、草の茎が人の形で倒れているはず。その形跡がありませんでした。

以上のことから、次のことが推定できます。

生首の男は別な場所で殺され、死後、首を刃物で切断された。そして、風呂敷に包まれてここに持ちこまれ、浅吉どのの荷である南瓜とすり替えられた——ここまではたしかだと思います。

それと、草の根元で、これを見つけました」

伊織が、くしゃくしゃになった一枚の懐紙を見せた。

鈴木は黙って説明を待っている。

「泥で汚れていますが、鼻に近づけて嗅ぐと、かすかに白粉《おしろい》の匂いがします」

紙を受け取った鈴木が匂いを確かめる。

続いて、辰治が匂いを嗅いだあと、言った。

「一昨日、雨が降りやしたね。この紙は濡《ぬ》れたあとがありやせん。昨日か、今日、捨てられたことになりやしょう」

「女の仕業《しわざ》ということも考えられるな」

鈴木がぽつりと言った。

辰治が反論する。

「え、まさか、旦那、それは考えすぎですよ。死体から首を切り離して、風呂敷に包んでここまで提《さ》げてくるなど、女にそんな大それたことができるでしょうか」

「そこだよ。

さきほどの先生の話から、横たわった死体の首を切断するのは、技《わざ》も力も必要ないことがわかった。包丁の刃がうまく頸椎と頸椎のあいだに入りさえすれば、女でも簡単にできる。

それと、拙者がずっと引っかかっていたのは、まだ明るいうちに、なぜ生首をここに運んできたのかという点だ。

普通に考えれば、人目につかないよう、暗くなってからのはずではないか。

しかし、女の仕業と考えると辻褄が合う。

日が暮れてから、女ひとりでひとけのない場所に行くのは怖い。そこで、ぎりぎりの夕方を選んで、ここに生首を提げてきたのではなかろうか。先生が見つけた白粉のついた紙は、顔や首筋の汗をぬぐったのかもしれないぞ。

だから、最初から男の仕業と決めつけてはいかん」

「なるほど。慧眼《けいがん》です。女の仕業とは想像もしませんでした」

伊織が感服したように言った。

うーん、とうなったあと、辰治が続けた。

「するってえと、首を切り離した場所は、ここからごく近い場所かもしれませんぜ。もしかしたら首なしの死体が、まだそのままになっているかもしれやせん」

「うむ、それは充分に考えられるな。辰治、てめえ、近所を探ってみろ」

「へい、わかりやした。子分も動員して、二、三日前から行方《ゆくえ》が知れない若い男がいないかどうか、聞きこんでみやしょう」

「それと、ここで逢引きをしていた、お満という女と相手の男だ。なにか、見たかもしれない。

しかし、拙者が出ていくとおおげさになるからな。てめえ、尋問してくれ。頼むぞ」

「へい、かしこまりやした。かならず口を割らせてみせやすよ」

辰治が勇《いさ》みたつ。

鈴木が威儀をあらため、伊織に一礼した。

「先生にはお手数をかけましたな。おかげで、いろいろと助かりました。これから、どうされますかな」

「下谷七軒町に戻ります」

「そうですか。拙者は次の自身番に、と言いたいところですが、もう面倒になってきたので、八丁堀《はっちょうぼり》の屋敷に帰りますよ。たとえ早く帰っても、女房が喜ぶわけではないのですがね。

さて、引きあげるぞ」

そのとき、浅吉が、

「あのぉ、この南瓜はどうしましょうか」

と、おずおずと言った。

両手でかかえた南瓜を、もてあましているようである。

「もともと、そのほうの物だろうよ。持って帰るがよい。食うもよし、明日、売るもよし」

鈴木が笑いをこらえて言った。

すかさず、辰治がからかう。

「生首とすり替えられた南瓜と触れこめば、評判になって、高く売れるぜ」

「南瓜を抱えて戻れば、長屋の連中になにを言われるか……」

浅吉が情けなさそうに嘆《なげ》いた。

薬箱を提げた助太郎を従え、伊織が帰っていく。

六

目高屋は、山崎町の表通りに面していた。
店先の暖簾《のれん》には、柿色《かきいろ》に白く、
めだかや

と、染め抜かれている。

岡っ引の辰治は通りに立ち、店の様子をながめた。風に乗って、葉煙草の匂いが漂ってくる。

店先で、手ぬぐいで頭を姉さん被《かぶ》りにした若い女が、小さな箒《ほうき》で葉煙草を一枚一枚、丁寧に掃《は》いている。葉煙草から、小さな土砂や埃《ほこり》を掃き落としているのだ。

（娘のお満じゃねえ。奉公人だな）

女の背後では、男が葉煙草を刻んでいた。数種類の葉煙草を組みあわせて重ね、四つ折りにしておいて、専用の板で押さえながら、煙草包丁で刻んでいく。いわゆる、ちんこきりである。

そのとき、大きな風呂敷包を首にかけた、手代《てだい》らしき男が店から通りに出てきた。

辰治はあとをつけると、店からやや離れたところで声をかけた。

「おい、ちょいと待ちな。お上《かみ》からこういう物を預かる、辰治という者だ」

懐から十手を取りだし、見せつける。

手代は顔を強張《こわば》らせ、震え声で答えた。

「へ、へい。お親分さんでございますか。あたくしに、なにか……」

「ちょいと頼まれてほしい。ほかでもねえ、娘のお満は、いま、家にいるか」

「さきほど、お見かけしましたので、店の奥の、お住まいのほうにいらっしゃると思いますが」

「よし。すぐ近くに、幡随院《ばんずいいん》という大きな寺があるな」

「へい、存じております」

「お満にそっと声をかけ、幡随院に来いと言いな。山門を入ったところで待っている。ひとりで来いと言え。店の者や家族には知られないようにしなよ。取って食うわけじゃねえから、安心しな。お上の御用だ」

「へい、かしこまりました」

手代があわてて店に戻っていく。

それを見送ったあと、辰治は幡随院に向かってぶらぶら歩いた。


山門を入ってきたお満は、振袖《ふりそで》姿で、素足に駒下駄を履いていた。

広大な境内には参詣《さんけい》の老人がちらほら歩いている程度で、ほかに中年の男はいない。その風体《ふうてい》から、松の木のそばに立っている辰治に、すぐに気づいたようである。

お満は駒下駄の音をカラコロさせながら、まっすぐ辰治のほうに歩いてくる。

（ほう、なんとも男好きのする女だな。これまで、何人の男を喰ったのか）

飛びぬけた美人というわけではないのだが、どことなく男心を惹《ひ》きつける雰囲気がある。とても十五歳とは思えない、濃厚な色気を漂わせていた。紅《べに》をさした唇の右横にほくろがあるのが、いかにも好色そうだった。

「目高屋の満でございます。親分さんですか」

「ああ、呼びだして、すまねえな」

「なにか、ご用でしょうか」

「ちょいと尋ねたいことがある。おめえ、昨日の夕方、どこにいた」

「昨日の夕方ですか。家にいましたけど。昨日は一日、一歩も外には出ていませんせ」

「ほう、そうかい」

辰治がにやりと笑った。

お満の目に緊張が走る。

「おい、てめえをわざわざ外に呼びだしたのは、体裁《ていさい》の悪い思いをさせないためだぜ。その心遣いを無にするようなら、自身番に来てもらうしかないな。それとも、目高屋に押しかけようか」

さすがにお満もうろたえていた。

視線の動きがめまぐるしい。正直に話すべきかどうか、頭の中で懸命に計算しているのであろう。

辰治はおもしろそうに、そんな女を見つめる。

「申しわけございません。本当のことを申しあげます。ある人と、会っておりました」

「壊れかけた稲荷社の裏手か」

「はい、さようでございます」

「相手は誰だ」

「仙吉《せんきち》という人です」

「商売はなんだ。どこに住んでいる？」

「ちんこきりの職人です。住まいは、浅草阿部川町《あさくさあべかわまち》と聞いていますが、それ以上は知りません」

「ほう、ちんこきりの職人か。それで、わかった。目高屋に出入りしていて、てめえとねんごろになったわけか。

　仙吉は、てめえの色男だな」

「いまは違います。もう、別れたのです」

「どういうことか」

「きのう、話があるということで、稲荷社に呼びだされたのです。あたしが待っていると、仙吉さんがやってきて、

『急に上方《かみがた》に行くことになった。これでお別れだ』

ということでした。すぐに旅立つようなことを言っていました」

「理由はなんだ」

「はっきりしたことは言いませんでした。でも、なんだか、人に追われているようでした。それで、急に旅立つことにしたのかもしれません」

「ふうむ、仙吉と会って話をしているとき、なにか変わったことはなかったか。誰かを見かけたりしなかったか」

「あたしと仙吉さんが話をしていると、草むらの中でくしゃみの音がしたのです。誰かが、こちらをのぞいていたようです。仙吉さんが怒鳴って追いかけると、あわてて逃げてしまいました。ですから、顔は見ていません」

「それから、どうした」

「なんだか気味が悪くなったので、すぐに帰りました。途中で別れ、そのあとは、仙吉さんに会っていません」

「そうか。草むらで、風呂敷包に気づかなかったか」

「いいえ、そんな物は見ませんでした」

辰治は、もうこれ以上、聞きだすことはあるまいと思った。

のぞきをしていた浅吉の話によると、お満と男は抱きあっていたという。しかも、男の手がお満の股間にのびていたらしい。

仙吉はお満と、最後の情交をしようとしていたのだろうか。だが、浅吉のくしゃみで、ふいになったわけだった。

「よし、もう帰っていいぜ」

辰治はお満を放免しながら、仙吉にも話を聞くべきかどうか、考えていた。

住まいは、目高屋の奉公人に尋ねればわかるであろう。だが、すでに旅立っているかもしれなかった。

第二章　ちんこきり

一

早朝から往診に出かけていた沢村伊織が戻ってくると、家の中から助太郎と咸姫《みなひめ》が話しているのが聞こえてきた。

助太郎が熱弁を振るっている。

「あたくしが生首を逆さに持って、先生が切断面を虫眼鏡で調べたのです。生首は、意外と重いのですよ」

「あら、あたしも生首を手で持ちたかったわ。先生のお供ができる助太郎さんがうらやましい」

咸姫がしみじみと言った。

その反応に、助太郎は有頂天になっているに違いない。

というのも、咸姫は旗本《はたもと》の娘である。助太郎も身分の違いはわかっているので、当初は「助太郎」と呼び捨てにされるのを覚悟していたろう。ところが、咸姫は先輩を立てて、「助太郎さん」と呼んでいたのだ。

「戻ったぞ」

そう声をかけながら、伊織が玄関の土間に足を踏み入れる。

振袖《ふりそで》姿の咸姫は振り向くや、

「お帰りなさいませ」

と、丁重に畳に両手をついた。

頭をさげたため、髪に挿している簪《かんざし》がチリンと、小さな音を立てる。

咸姫の供をしてきた女中はそれまで、台所で下女のお末《すえ》と世間話をしていたのだが、やはり居ずまいを正して伊織に向かって頭をさげていた。

助太郎もそれまでのあぐらから、あわてて正座に直り、横目で咸姫の辞儀を見ながら、

「お帰りなさいませ」

と、同様な挨拶《あいさつ》をする。

（咸姫効果かな）

伊織は内心苦笑したが、咸姫が助太郎によい刺激をあたえているのはたしかであろう。

そもそも、咸姫が入門したいきさつは、こうだった——。

伊織が住む家は、六百七十五石の旗本・長谷川与右衛門《はせがわよえもん》の屋敷内にあった。

幕臣である旗本や御家人《ごけにん》には貧窮《ひんきゅう》した者が少なくなかったが、拝領《はいりょう》屋敷だけは広い。それを利用して、屋敷の敷地内に借家を建て、町人に住まわせて家賃収入を得る者が多かった。もちろん、表向きは禁止されていたが、実際は野放し状態だった。

長谷川家は、屋敷の敷地は三百坪以上ある。そこで、敷地の片隅《かたすみ》に二階建ての仕舞屋《しもたや》を二棟建て、貸家にしていた。その一棟を、伊織が借りていたのだ。

ある日、長谷川家の用人《ようにん》という、初老の武士が伊織を訪ねてきた。

「先生は、長崎《ながさき》に遊学《ゆうがく》しておられたそうですな」

「はい、大槻玄沢《おおつきげんたく》先生の芝蘭堂《しらんどう》で蘭学と蘭方医術を学び、その後、長崎の鳴滝塾《なるたきじゆく》でシーボルト先生に師事しました」

「うむ、では、適任ですな。

じつは、殿のお子で、十三歳におなりの咸姫さまについて、お願いがあるのです」

「診察ですか」

「いえ、そうではありませんで。咸姫さまに『解体新書《かいたいしんしょ》』を講義していただけないかと存じましてな。

咸姫さまは手習いはすでに終え、貸本屋からいろんな本を借りてお読みになっておりますが、さすがに『解体新書』は手に負えないようでしてね」

『解体新書』はオランダ語から和訳され、安永《あんえい》三年（一七七四）に刊行された。ただし、和訳と言っても漢文《かんぶん》である。漢文を読みこなせなければ、解読は難しい。

「ほう、なぜ、『解体新書』を、お読みになりたいのですか」

「みどもも、くわしいことは知らぬのですが、先代の殿がお求めになった本が、屋敷内にあったのです。それを、咸姫さまが見つけたようでしてね。

漢文なので、さすがに咸姫さまも歯が立たず、お父上である殿に教えてほしいとお願いしたのですが……まあ、なかなか難しいとのことで、そこでみどもにお鉢《はち》がまわってきたのですが、みどももちと、手に負えませんでな。

とはいえ、ご子息ならともかく、咸姫さまを町中の蘭学塾に通わせるわけにはいきません。そのとき、先生のことを思いだしたわけです。

なんだ、屋敷内に、蘭方医が住んでいるではないか、というわけです。

そこで、殿に申しあげたところ、

『屋敷内であれば、通わせてもかまわぬであろう。女のことだから、どうせ長続きはするまい』

とのことでして。

こういう次第《しだい》で、お願いにまいったのです」

「わかりました。では、漢文の読み方と、内容の解説をしていきましょう」

こういう経緯で、咸姫は伊織のもとに通ってくるようになったのである。

ただし、旗本の娘だけに、かならず女中が供をしていた。

「さて、はじめるぞ」

その言葉に応じて、助太郎は天神机の上に、硯《すずり》と筆、紙を並べる。

伊織から渡された手本は、『商売往来《しょうばいおうらい》』から抜きだした漢字と、オランダ語のアルファベットである。

味噌《みそ》　酒　酢　醤油《しょうゆ》　麴《こうじ》　油　蠟燭《ろうそく》　紙　墨《すみ》　筆

ユ　ユフ　ドブルドユフ　エッキス　エイ　セイト

U　V　W　X　Y　Z

u　v　w　x　y　z

いっぽう、咸姫は天神机の上に、屋敷から持参した『解体新書』を置きながら、横目で、助太郎が手本にしているオランダ文字を見ていた。

「先生、あたしもオランダ語のいろは文字を習いたいのですが」

「ふむ、では、明日から稽古《けいこ》をしようか」

「はい、ぜひ、お願いします」

咸姫がオランダ文字の稽古をすると知り、助太郎の目の色が変わった。俄然《がぜん》、やる気が出てきたようだ。後輩の、しかも女には負けられぬという気分だろうか。

（これも咸姫効果だな）

伊織はひそかに苦笑した。

ちらちらと横目で助太郎の手習いの様子を確かめながら、伊織は咸姫に『解体新書』を解説していく。

それ解体の書は以《もっ》て体を解く所の法なり。蓋《けだ》し形体の名状及び諸臓の内外、一身の主用を説く。

そのこれを審《つまび》らかにせんと欲する者は、直《ただち》に割《さ》きて屍《しかばね》を見るに如《し》くはなし。その次は禽獣《きんじゅう》を割くに如くはなし。

その解体の法、六つあり……

＊

「先生、首なし死体が見つかりやしたぜ」

そう言いながら、ずかずかと土間に入ってきたのは岡っ引の辰治だった。

たちまち、助太郎の目が輝く。

咸姫もあきらかに興奮している。

いっぽう、辰治のほうは咸姫と供の女中に気づき、やや戸惑っていた。

土間に突っ立ったまま、口ごもる。

「お客でしたか。これは、失礼を」

「いや、蘭学の弟子《でし》です。遠慮はいりませぬぞ」

「弟子というと、では、そのお嬢さんは、蘭学の稽古をしているのですか」

「大家である長谷川家の娘御《むすめご》で、咸姫という」

「おや、お旗本のお姫さまでしたか。これはとんだご無礼を」

「私の弟子に変わりはありませぬ。ここでは、遠慮は無用ですぞ。

ところで、検死に来てほしいということですか」

「へい、お願いします。まあ、近所ですから」

伊織は行かざるをえないと思いながらも、咸姫の存在に当惑した。

もし助太郎に供をさせると、咸姫が自分もついていきたいと言いだしかねない。

ここは、助太郎を残すことにした。

「そのほうは、供をしなくてよい。手習いとオランダ文字に励《はげ》め。清書《きよがき》ができたら、残しておきなさい。帰ってから、点検する。

咸《みな》どのは、今日のところは、これまでとしましょう」

伊織の言葉に、助太郎も咸姫も落胆しているようだった。とくに、助太郎にいたっては、かわいそうなほどしょげている。

薬箱を用意しながら、伊織が言った。

「親分、場所はどこだ」

「浅草阿部川町の、稲荷《いなり》長屋という裏長屋ですがね」

「え、稲荷長屋……」

按摩《あんま》の苫市《とまいち》が住んでいる長屋だった。

難局におちいっている苫市を、伊織が助けたことがある。嫁をもらったのを契機に、長屋の中で広い部屋に引っ越したと聞いていた。

「おや、知っているのですかい」

「うむ、ちょっとした知り合いが住んでいる。ついでに、顔を見てきてもいいな。では、行きましょうか」

伊織は杖《つえ》も持参することにした。

「誰が、いつ、見つけたのですか」

歩きながら、沢村伊織が言った。

「じつは、昨日、わっしは目高屋の娘のお満に、口を割らせましてね。いえ、べつに手荒いことはしていませんよ」

辰治は顔の前で、あわてて手を振り、弁解した。

その後、お満から聞きだした内容を手短に述べ、さらに話を続ける。

「逢引きの相手が、ちんこきりの職人の仙吉と知れました。目高屋で尋ね、仙吉が稲荷長屋に住んでいるとわかったので、今朝、わっしは訪ねていったのですよ。するると、長屋は大騒ぎでしてね。

長屋の女どもが、

『このところ、仙吉さんの姿が見えない。声をかけても返事がない。怪しい』

と噂《うわさ》しているので、ついに大家が乗りだしたそうでしてね。

表の腰高障子《こしだかしょうじ》を開けて中に入ると、ふんどしだけの真っ裸の男が死んでいて、しかも首がないというわけです。みなで大騒ぎしている最中に、ちょうどわっしが乗りこんでいったわけですな」

「ほう、お満の逢引きの相手が殺されていたのですか」

「いや、そこがこみ入っていましてね。死んでいた男が仙吉のはずはないのですよ」

「なぜですか」

「男が殺されたころ、仙吉はお満と稲荷社の裏で、乳繰《ちちく》りあっていたのですよ。その後、仙吉が姿を消したらしいこともわかっています」

「すると、仙吉は自分の住まいで男を殺し、首を斬《き》り取って逃げた……」

「そうなりますね。しかし、鈴木の旦那が、

『お満が嘘《うそ》を言っているかもしれないではないか。首なし死体が死んだ日時を、はっきりさせたい』

というので、またもや先生に検死をお願いすることになったのですよ。連日で申しわけないですな」

「なるほど」

同心の鈴木順之助は一見、いいかげんなように思えるが、押さえるべきところはきちんと押さえているのに、伊織は感心した。

二

表通りに面して小さな稲荷社があり、やや離れたところに木戸門がある。

木戸門を入ると、細い路地が奥にのびていて、両側には平屋の長屋が続いていた。

路地に足を踏み入れながら、岡っ引の辰治が大きな声で呼びかけた。

「旦那、鈴木の旦那、先生ですぜ」

「おう」

返事をしながら、同心の鈴木順之助が、木戸門を入ってすぐ左の長屋から出てくる。

そこは、大家の住まいだった。

「先生、ご苦労ですな。

死体の臭《にお》いが我慢できぬので、大家のところで茶を飲んでいました」

鈴木の言い分は、なんとも呑気《のんき》だった。

しかし、伊織は、鈴木はこの機会を利用して大家から話を聞きだしていたのだろうと察した。

続いて、五十近い、なかば白髪の男が出てきた。

「大家の市郎兵衛《いちろべえ》でございます」

「では、死体のところに行きますぞ」

鈴木が先に立って路地を奥に進む。

供の中間《ちゅうげん》が入口の前に立って、番をしていた。

「変わったことはありません」

そう報告しながら、中間が入口の腰高障子を開けた。

せまい土間があり、右手にへっついがあった。

土間をあがると、六畳ほどの部屋である。

壁際《かべ》に、葉煙草《はたばこ》の束があった。そばに、煙草包丁と、板でできた切台、それに砥石《といし》が置かれている。笊《ざる》の中には、枯れた葉脈らしき筋が固まっていた。葉煙草を刻む前に、葉脈を取りのぞくのである。

そして、部屋のなかほどに、盛りあがった筵《むしろ》があった。

「真っ裸で、首がない死体ですからな。あまりにむごいので、あたくしが筵をかぶせました」

市郎兵衛が説明する。

大家としての配慮を強調していた。

「ところで、昨日、山崎町の長屋で生首が見つかったという噂を聞きましたが、この死体の首でしょうか」

た。
仰向《あおむ》けになった、首のない男の死体が現われる。ふんどしをしただけの裸だっ
そう言いながら、辰治が無造作に筵をはぐった。
「それを、これから調べるのよ」

まずは、切断面のそばに鈴木と伊織がしゃがむ。

「拙者が見たところ、切断面は、昨日検分した、首の切断面と似ている気がしますがな。ただし、首を持ってきてくっつけるわけにはいきませんが」

鈴木の口調は相変わらず軽い。

伊織は薬箱から虫眼鏡を取りだし、子細に見ていった。

「昨日、人間の頸《くび》は頸椎《けいつい》という骨が七個、積み重なっていると述べましたね。そして、生首は第二頸椎と第三頸椎のあいだで切断されていました。

この身体には、第三頸椎から第七頸椎まで残っています。つまり、第二頸椎と第三頸椎のあいだで切断されています。

昨日の生首と、この首なし死体は同一です」

「左胸に刺し傷があります。死因はそれでしょうな。しかし、不思議なのは出血がほとんどないことです。

普通、左胸を刺すと、出血はおびただしいはずですぞ。刺した人間が大量に返り血を浴びるのはもちろん、部屋中に血が飛び散っているはず。しかし、畳にも血が流れていません」

鈴木もこれまでの検使《けんし》で、多くの死体を見てきていた。刺殺《しさつ》や斬殺《ざんさつ》のときの流血が頭にあるのであろう。

伊織は、左胸の刺し傷の形状と深さを調べた。

「鋭い刃物でひと突きにしています。凶器は包丁でしょう。刃先は心臓まで届いているはず。おそらく即死だったでしょうね。

そのとき、刺した刃物を抜けば、血が噴出していたはずです。

ところが、理由はわかりませんが、刃物を突き刺したままにしていたのでしょうね。そのため、刃物がいわば栓《せん》の役割をして、出血を防いだのです。

しばらくして刃物を抜き取りましたが、そのときには体内の血が凝固《ぎょうこ》していたので、流血はなかったと思われます。

首を切断したときに出血がなかったのも、死後しばらくして、切り離したからです」

「なるほど。で、この首なし死体は、死後どのくらいでしょうかな」

伊織は、死体の手足の関節を調べた。

死後硬直はすでに解け、どの関節も抵抗なく動く。

「関節がゆるんでいるので、死後二日というところでしょうか」

「すると、昨日の生首が死後一日、今日のこの首なし死体が死後二日。ぴたり、符合《ふごう》しますな。この男は一昨日、殺され、首を切断されたと断定してよいでしょう。

もうひとつ、拙者が気になるのは、全身に切り傷があることです」

「私も気になり、さきほどから調べていたのです。

全身の手足の関節の部分に、切り傷があります。肉を切り裂き、骨にまで達しています。そして、骨にも傷がついています。

出血がないので、死後の傷ですね」

「先生は、なんのためと考えますか」

「おそらく、身体をバラバラにしようとしたのではないでしょうか。しかし、包丁では切断できず、あきらめたのだと思われます」

「バラバラにしようとしたのか、う〜ん」

鈴木がうなった。

昨日、彦兵衛長屋で生首を検分したとき、死体の始末に困り、長屋の連中が共謀《きょうぼう》してバラバラにして捨てるつもりではなかったのか、と言った。鈴木はあくまで冗談だったのだが、当たらずとも遠からずだったことになろう。

「しかし、首はすぱりと切断しているのに、手足が切断できないのは妙ですな」

「申しあげたように、頸は頸椎が重なっているので、頸椎と頸椎のあいだに刃が入れば、すぱりと切れます。

しかし、手足の骨は包丁ではなかなか切断できません。鉈《なた》のような重量のある刃物を振りおろして叩《たた》き切るか、鋸《のこぎり》をギシギシ引いて切るしかありません。

私は長崎にいたころ、猟師《りょうし》が猪《いのしし》や鹿《しか》を解体するところを見学したことがありますが、連中は包丁で関節を巧みに切り外し、四肢《しし》をバラバラにしていました。しかし、習熟《しゅうじゅく》しているので、できることです。

普通の人間、まして初めての人間は、包丁で人間の四肢をバラバラに切り分けるなど、とうていできるとは思えません」

みな言葉を失い、部屋に沈黙が流れる。

とくに、大家の市郎兵衛は真っ青になっていた。かすかに肩をすくめたのは、吐き気がこみあげてきたのかもしれない。

いっぽう、伊織は鳴滝塾で、シーボルトの外科手術の助手を務めたときのことを思いだしていた。

シーボルトは、脱疽《だっそ》に罹《かか》った患者の命を救うため、膝《ひざ》の上のところで右脚を切断する決断をした。放置しておけば脱疽が全身に広がり、死ぬのは確実である。患部を切り落とすのが、命を救う唯一《ゆいいつ》の方法だったのだ。

切断手術は、医療用の鋸で骨を切るというものだった。そのときの、じゃりじゃりという骨を切る音は、いまも伊織の耳の奥に残っている。


台所でなにやら探していた辰治が、戻ってきて言った。

「包丁がありやせんね。持ち去ったのかもしれません」

「ふうむ、まとめると、こうなりますかな。便宜上《べんぎじょう》、下手人を甲《こう》、この死体の男を乙《おつ》と呼びましょう」

仙吉が急に乙になり、市郎兵衛は心配そうな表情をしている。同心がなにか誤解してはいまいかと、案じているようだ。

それにはかまわず、鈴木が続けた。

「甲は包丁で乙の心臓をひと突きして、殺害した。しばらくそのままにしていたのは、死体をどう始末しようか、考えていたのかもしれませんな。

そして、死体をバラバラにして、捨てることを思いついた。まずは、乙の胸に刺さったままの包丁を抜き取る。包丁で首を切断し、うまくいった。ところが、手足を切断する段になって、どうもうまくいかない。

ついにあきらめ、首を風呂敷に包み、包丁を持ってそっと抜けだした。

風呂敷は、この部屋にあった物でしょうな。葉煙草の匂《にお》いが染みついていたことから、それはあきらかです。

先生、どうですかな」

鈴木が推理を披露した。

伊織が答える。

「矛盾《むじゅん》はありません。おそらく、そのとおりだと思います。ただし、まだ、肝心の点が……」

「そこです。はたして、この乙は誰なのか」

鈴木が腕組みした。

市郎兵衛がここぞとばかり、鈴木の誤解を訂正しようとする。

「あのぉ、失礼でございますが、なにか勘違いをされているのでは、ございませんか。

ここに住んでいたのは乙という者ではなく、仙吉でございますよ」

「そんなことは、わかっておる。この首なしの裸の死体を見て、そのほう、仙吉と断言できるか」

「えっ」

市郎兵衛は、きょとんとした顔をしている。

続いて、額に汗をにじませながら言った。

「へい、たしかに顔がわかりませんので、裸の身体を見ただけでは……しかし、まさか」

「生首を見ればわかるかもしれぬが、もう墓地に埋葬《まいそう》されたろうからな。仙吉は、ひょっとこや、お亀の彫物《ほりもの》をしていたか」

「湯屋で一緒になったことは何度もありますが、背中に彫物などはございませんでした」

「となると、この死体を仙吉と断定する決め手はないぞ。仙吉のところで倒れていたので、仙吉と思いこんでいただけではないのか」

「たしかに、おっしゃるとおりです。最初から仙吉と思いこんでおりました。

しかし、仙吉ではないとも思えません。長屋の誰も、これは仙吉ではないとは申しませんでしたよ」

「じつはな、この乙が殺されたころ、あるところで仙吉と乳繰りあっていた女がいるのだ。となると、この乙は仙吉であるはずがない。甲が仙吉ということになる」

「そうしますと、仙吉がこの男を殺し、首を持って逃げたのですか」

市郎兵衛の顔は青ざめていた。

大家としての責任を問われるのを恐れているらしい。

辰治が言った。

「さっき、家探しをしたのですがね。金は一文もありませんでした。この男の着物もはぎ取っています。

甲は手ごろな物を持って、逃げだしたのかもしれませんぜ」

市郎兵衛が、なんとも情けなさそうに言った。

「この男が仙吉ではないとなると、いわば身元の知れない行き倒れ人でございますね。死体の始末は、どういたしましょう。

ところで、山崎町で見つかった生首は、どうなったのでございますか」

「山崎町の自身番が寺に運んで、埋葬したはずだ」

「では、この死体も山崎町で始末していただけないでしょうか。もとはつながっていたわけですから」

その大家の理屈に、伊織は吹きだしそうになった。

鈴木も笑いをこらえ、しかし、すげなく言い放つ。

「町内の責任じゃ。浅草阿部川町の自身番と相談し、寺に運んで埋葬しろ。身体をもう一度、長屋の者に見せて、仙吉に違いないという確証が見つかったら、自身番に知らせておくがよい。

さて、われらは引きあげるぞ」

鈴木の言葉に応じて、伊織と辰治が立ちあがる。

路地に出たあと、伊織が言った。

「今後、どうなりますか」

「辰治の子分が、仙吉の行方《ゆくえ》を追っています。その結果を待つしかないでしょうな。なにか大きな動きがあれば、先生にもお知らせしますぞ」

鈴木が言った。

辰治が付け加える。

「仙吉はちんこきりの職人です。かならず、どこかの煙草屋に顔を出すはず。そのうち、わかりやすよ」

それを聞き、伊織は頭の隅に引っかかるものがあった。

だが、もやもやするだけで、その実体はわからない。

「私はこの長屋に知り合いがいるので、ひさしぶりに会おうと思います。ではここで」

挨拶を交わしたあと、鈴木と供の中間、辰治は帰っていく。

三

仙吉の住んでいた平屋の長屋を奥に進むと、ちょっとした広場があり、井戸と総後架《そうこうか》（共同便所）、ゴミ捨て場があった。
広場を過ぎて、さらに奥に進むと、路地の両側は二階建ての長屋になっていた。
苫市の住まいはすぐにわかった。表の腰高障子に、
あんま　とまいち

と、なんとも幼稚《ようち》な平仮名で書かれていた。女房のお熊《くま》が書いたのであろう。以前、平屋の長屋で独り暮らしをしていたとき、腰高障子には「あんま　とま市」と記されていたが、なかなかの達筆だった。大家に書いてもらったのだという。苫市は盲目《もうもく》で、字が書けないのだ。

ところが、この「あんま　とまいち」は引っ越しに際し、お熊が書いたに違いない。

目が見えない苫市には、女房の字がへたなのはわからない。苫市はむしろ、誇《ほこ》らしい気分なのかもしれなかった。

想像すると、ちょっとおかしいが、沢村伊織は、ほのぼのとしたものを感じた。これこそ夫婦円満の証拠であろう。

「ちょいと、よいかな」

伊織が声をかけながら土間に足を踏み入れると、左手にある台所で、お熊が調理をしていた。へっついの上の鍋《なべ》から湯気があがっている。

土間からあがると八畳ほどの部屋だが、上框《あがりかまち》に近いところに職人らしき男が座り、煙管《きせる》で煙草をくゆらしていた。順番待ちらしい。

部屋のやや奥まったところに薄い布団が敷かれ、恰幅《かっぷく》のよい初老の男が腹ばいになっていた。

その横に位置して、苫市が腰を揉《も》んでいる。揉み療治の最中だった。

「おや、先生、おひさしぶりです」

声を聞いただけで、苫市はすぐに伊織とわかったようだった。

「たまたま長屋に呼ばれてきたので、寄ってみたのだが。しかし、邪魔をしては悪いな」

「いえ、かまいませんよ。手を動かしながら、話はできますからね。どうぞ、あがってください。

仙吉さんのことで、呼ばれたのですか。さきほど、お役人がご検使に来たのは聞きましたが、先生も一緒だとは知りませんでした。

どうぞ、あがってくださいな」

伊織がためらっている気配を感じ取ったのか、苫市が熱心に勧める。

同じ長屋だけに、首なし死体の件は当然、聞いているであろう。伊織が検死をしたのを知り、興味津々のようだった。

伊織が気になったのは、ふたりの客の存在だった。

（だが、意外と、客からも話が聞きだせるかもしれぬぞ）

考え直し、伊織はあがることにした。

お熊がすぐに、茶と煙草盆を伊織の前に出す。順番待ちの客には、いつもそうしているのであろう。なかなか手際《てぎわ》がいい。

長屋の一室とはいえ、按摩所は順調なようだ。

「いまも、こちらのお方と話をしていたんですよ。

朝っぱらから大騒ぎでしてね。女房が見てきたんですが、仙吉さんはふんどし一丁の裸で、首がなかったそうですね」

「うむ、刃物で胸を刺され、その後、首を切り取られたようだ」

伊織は、死体はまだ仙吉と決まったわけではないと思ったが、あえて告げないことにした。

苫市の指先にいちだんと力がこもったのか、うつぶせになった男は低く、うなっている。

「山崎町の長屋で生首が見つかったという噂を聞きましたが、仙吉さんの首だったのですか」

「くわしい説明は省《はぶ》くが、頸の骨の形状から、生首と、首なし死体は同一人物だな」

「へえ、そうでしたか。殺しただけでは飽き足らず、首を切って放りだしたんですからね。よほど、恨みがあったのでしょう。

人の悪口を言うのはよくないですが、もう死んだ人ですから、いいでしょう。

仙吉さんは、女がらみで恨みを買ったのじゃないかと思いますよ」

「女出入りの噂があったのか」

「噂どころか、あたしはこの耳で、昼間っからいちゃいちゃしているのを聞かされていましたからね。

ここに引っ越す前、あたしは平屋の長屋に住んでいましたが、ちょうど仙吉さんの隣だったんですよ。そのころ、あたしは独り身で、夜の商売をしていましたから、夕方まで長屋にいました。

仙吉さんはちんこきりの職人で、居職《いじょく》ですからね。そこに、しょっちゅう、女が訪ねてくるわけです。

べつに、盗み聞きしていたわけじゃありませんよ。聞こえるんだから、しかたがありません。

『はふん、ああん、昼間っから、いいわぁ』

ですからね。たまったものじゃありません。あたしはときどき壁を叩いて、『おい、いいかげんにしろ』と、怒鳴りつけたくなりましたよ。もちろん、そんなことはしませんでしたがね」

裏長屋の壁は薄い。

しかも、苫市は目が見えないだけに、聴覚《ちょうかく》が鋭敏なのであろう。

順番待ちの男が言った。

「ちんこきりといえば、ちんこきりのお満も仙吉のとこに来てたのじゃねえのか。二、三日前、長屋に入るところを見かけたぜ」

男は長屋の住人のようだ。

「そういえば、仙吉さんが『お満ちゃん』と呼びかけるのを、壁越しに何度か聞きましたね」

これで、ふたりは関係があったのみならず、お満が仙吉の長屋に忍んできていたことがあきらかになった。

順番待ちの男が続ける。

「俺が思うに、お満をめぐる立て引きじゃねえのかい。カッとなった男が、仙吉を刺し殺したのよ」

「でも、首を切って持ち去ったのはなぜでしょうね」

苫市が疑問を発する。

順番待ちの男がさらに続ける。

「意趣返しじゃねえのかい。仙吉の首を、お満に見せつけるつもりだったのかもしれない」

「なるほど、まるで芝居《しばい》のようですな。しかし、生首は山崎町の長屋で見つかったそうですよ」

「目高屋も山崎町だろうよ。近いぜ。途中で落としたのかもしれねえ」

男は笑った。

いっぽう、療治中の男は苦悶《くもん》の声をあげる。苫市の指先が、ツボを押したのであろう。

伊織は、無責任な想像だと聞きつつも、意外と正鵠《せいこく》を得ているかもしれないと思った。

お満が別な男と逢引きしているのを知り、犯人の男は仙吉の首を見せつけにいったのかもしれない。首は、古い稲荷社の境内《けいだい》に運ばれたことからも、筋が通る。

とすると、やはり死んでいたのは仙吉ということになり、鈴木順之助や辰治の推理は外れる。

「おや、待っている人が、ふたりかい」

土間に立った男が言った。

新たな客のようだ。伊織も順番待ちと思ったらしい。

「では、そろそろ私は帰る。繁盛しているようで、なによりだ」

伊織は帰り支度をした。

＊

通りを歩きながら、伊織は空腹を覚えた。

家に帰れば、下女のお末が昼食を用意しているはずだが、どうせ鹿尾菜《ひじき》と油揚の煮付くらいで、冷飯を茶漬《ちゃづ》けにして食べることになる。

（どこかで食べていくか）

とはいえ、右手に杖を持ち、左手に薬箱をさげているため、屋台店で立ち食いをするのは難しい。

葦簀《よしず》張《ば》りの掛茶屋が目についた。

(よし、ここにしよう)

伊織は床几《しょうぎ》に腰をおろし、薬箱を横に置いた。

さっそく、前垂れをした茶屋女が寄ってくる。

「いらっしゃりませ」

「なにか、食う物はあるか」

「雑煮《ぞうに》なら、できますが」

「では、雑煮を頼もう」

女が引きこんだあと、恰幅のよい男が薬箱をへだてて、伊織の横に腰をおろした。

「蘭方医だそうですな」

「さよう。どなたですかな」

見知らぬ顔だった。

色は浅黒く、顎《あご》ががっしりしていた。下駄《げた》顔と言ってよかろう。

男はにやりとした。

「おわかりにならないのも、無理はありませんな。さきほどは、うつむいていましたから。勘兵衛《かんべえ》と言いやす」

苫市に揉み療治を受けていた男だった。

伊織が去るのを見るや、すぐに療治を終わらせ、あとをつけてきたに違いない。

そのとき、茶屋女が雑煮を持参した。

すまし汁の中に、餅《もち》と青菜が入っている。

伊織はまず汁をすすったが、すきっ腹に染みとおるようだった。淡泊《たんぱく》ながら、深い滋味《じみ》がある。「ああ、うまい」と言いそうになったが、男の手前、口には出さなかった。

いっぽう、勘兵衛と名乗る男は酒を頼んだ。

「先生は、山崎町で見つかった生首も検分したのですかい」

「さよう。町奉行所の役人に頼まれましたのでね」

「たしかに仙吉だったのですか」

「私は仙吉どのの顔を知りません」

「そうでしたか。生首を、いまも見ることはできるでしょうか」

「すでに埋葬されたはずです。無理でしょうな。

ところで、大家をはじめ、長屋の人々はみな、死体を仙吉どのと信じているようですぞ。お手前は、仙吉どのではないと疑っているのですか。なぜです」

伊織は意外な気がした。

さきほど、揉み療治を受けながら、勘兵衛は苫市と順番待ちの男の話を聞いていたはずである。だが、実際には疑いを持っていることになろう。

勘兵衛の狙《ねら》いは、なんなのだろうか。

茶屋女が酒を入れたちろりと、湯呑茶碗《ゆのみぢゃわん》を運んでくる。

手酌《てじゃく》で酒を呑《の》みながら、勘兵衛が言った。

「じつは、あっしは仙吉の野郎に大金を貸していたのですよ。あの野郎、自分が殺されたように見せかけて、姿をくらませたのじゃなかろうかと思いましてね」

「そうでしたか。

私は医者として、死体の死因や、死んだ日時の鑑定《かんてい》を求められただけです。それ以上のことは、医者の領分ではありません」

伊織は、勘兵衛の思惑に疑惑を持ちはじめていた。とにかく、深入りすべきではあるまい。

茶屋女を呼び、金を払って席を立つ。

勘兵衛が鋭い視線で、自分を見つめているのを感じた。

（首なし死体と生首は、ちんこきりの仙吉なのか、それとも別人なのか）

伊織は歩きながら、考え続けた。

岡っ引の辰治は、目高屋のお満の供述にもとづき、生首と首なし死体は仙吉ではなく、仙吉は生きていると睨《にら》んでいる。同心の鈴木順之助も、辰治の報告にもとづき、同様な見方をしている。

いっぽう、さきほどの勘兵衛も、仙吉が生きているのではないかと疑っているが、その根拠も背景も不明である。

（お満に会って、話を聞いてみようか。しかし、一介の町医者に、お満を尋問《じんもん》する権限はないからな）

自分とはかかわりがないことと言ってしまえばそれまでだが、謎《なぞ》がある以上、それを解きたいという気持ちが高まる。

いつしか、旗本・長谷川家の屋敷の海鼠塀《なまこべい》が目の前にあった。

長谷川家の正門は、堂々たる長屋門である。しかし、借家の住人が出入りする門は別に作られていて、簡素な木戸門だった。

伊織は木戸門を開けて中に入り、我が家に向かう。

玄関の前に筵を敷き、下男の虎吉《とらきち》がなにやら大工仕事をしていた。

虎吉は、下女であるお末の亭主《ていしゅ》で、かつて大工だったが、普請場《ふしんば》で怪我をして足が不自由になった。夫婦で下男下女として雇われたのだが、自分が伊織の供をできないのを気にしていて、せめてもという気持ちなのか、大工の腕を生かして、毎日のようになにやら作っている。

「おや、先生、お帰りなさい。

咸姫さまも帰り、助太郎さんも帰りました。いまは家の中で、女房のお末がひとりなのをいいことに、居眠りしていますよ」

「居眠りなんか、していないよ」

家の中から、お末が怒鳴った。

伊織は苦笑しながら、ふと、虎吉のそばにある道具箱に目をとめた。

大工道具を詰めこんだ木箱で、鑿《のみ》や鉋《かんな》などの大工道具が詰めこまれている。虎吉は怪我で大工を廃業したあとも、手放すことはなかった。もちろん、いまもその道具は活用されていた。

（あっ、そうか）

それまで、もやもやと頭の隅にわだかまっていたものに、伊織はようやく気づいた。

「ちょいと、教えてくれ。職人が仕事場を変わるとき、道具はどうするのだ」

「職人にとって、道具は命の次に大事な物ですからね。すべてを放りだしても、使い慣れた道具は持っていきますよ」

「そうか」

伊織が思いだしたのは、仙吉の部屋に、先が尖《とが》っていない、独特な形状の煙草包丁が残されていたことだ。

仙吉にとって、煙草包丁は大事な商売道具である。

出奔《しゅっぽん》するときは、使い慣れた煙草包丁はかならず持っていくはずではなかろうか。煙草包丁さえあれば、行く先で、ちんこきりの職人として生きていける。

（とすると、生首と首なし死体は仙吉ということになるが……）

なぜ、お満は嘘をついたのか。

真相を究明するには、やはりお満にあたってみる必要がありそうだった。

＊

日が陰《かげ》る前に、伊織は二階から顕微鏡《けんびきょう》を持って降り、外の明かりが射しこむ上框のそばに座った。

顕微鏡は、伊織が吉原《よしわら》で開業していたころ、芝蘭堂時代の友人から入手したものである。

長崎にもたらされたヨーロッパ製の顕微鏡を手本にして、大坂の職人が製作したもののようだった。筒《つつ》は木製で、倍率も四十倍程度でしかない。

伊織が長崎の鳴滝塾で使わせもらったシーボルトの顕微鏡の倍率は七十倍以上だったから、最新のヨーロッパ製にくらべると性能ははるかに劣《おと》っていた。しかし、虫眼鏡よりは、はるかに小さなものを拡大して観察できる。

まず、雲母《うんも》製のプレパラートの上に、さきほど風呂敷から採取した金粉状の細片《さいへん》を載せた。顕微鏡の対物レンズの下に、プレパラートを設置する。

接眼レンズに片目をあてながら、筒を上下させ、焦点《しょうてん》を合わせた。つぎに、プレパラートの下に設置された鏡の角度を変え、反射光を集める。

あらためて、接眼レンズに目をあてた。

「ふうむ、よく見える」

伊織は満足げに言った。

やはり、金属片のようだった。素材は銅《どう》や銀《ぎん》らしい。

風呂敷に葉煙草の匂いが染みついていたのは、仙吉がちんこきりの職人だったことで理解できる。葉煙草を風呂敷に包んで運んでいたのであろう。

しかし、この金属片は、なぜ付着《ふちやく》していたのか。

伊織はさきほど検分した、首なし死体のあった仙吉の部屋を思い浮かべたが、微細《びさい》な金属片に結びつくような物はなかった。

「先生、それは、なんですかい」

虎吉が遠慮がちに言った。

いつしか、家の中に戻っていたようだ。

「顕微鏡と言い、小さな物を大きくして見るからくりだがな」

そこまで説明したところで、伊織は思いついた。

元大工の虎吉であれば、なにか気づくことがあるかもしれない。

「ちょいと、のぞいてみろ。そう、ここに片目をあてるのだ」

伊織が教え、虎吉が恐るおそる、接眼レンズに片目をあてた。

かといって、目に見えるものが格別おもしろいというわけではない。虎吉が曖昧《あいまい》な感想を述べる。

「ほほう、はあ、妙なものですな」

「それは、なんだと思うか」

「あっしにはよくわかりませんが、大工は鑿《のみ》で木を彫ります。そのときの、鑿の彫りカスに似ているようですな」

「ほう、彫りカスか。

木材を彫るのは鑿だが、銀や銅を彫るときは、どんな道具を使うのか」

「さあ、あっしも、やったことがないので、なんとも言えないのですが。

金、銀、銅などを彫るときは、鏨《たがね》という道具を使うと聞いたことがありやす。

しかし、あっしも、手にしたことはありません」

「ふうむ、なるほどな」

そう言いながら、伊織はいつしか室内が薄暗くなっているのに気づいた。

四

日が暮れてから、按摩の苫市と、女房のお熊が訪ねてきた。

お熊は左手に提灯《ちょうちん》をさげている。

苫市は左手を、女房の右肩に乗せていた。いちおう右手に杖を持っているが、お熊が一緒だと、ほとんど不要なようだった。

「先生、夜分、申しわけありません。お話ししておいたほうがよいと思ったものですから」

「遠慮するな。とりあえず、あがるがいい」

沢村伊織はあがるよう、うながしながら、それまで出していた文机《ふづくえ》を片付ける。壁に寄せて文机を置き、その上に助太郎と咸姫の天神机を重ねた。

さっそく、下女のお末が干菓子《ひがし》と茶の準備をする。干菓子は、咸姫の供の女中が持参したものだった。

苫市は伊織と向かいあって座るや、心配げに言った。

「あたしが揉み療治をしていた人が、先生のあとを追ったような気がするのですが」

「ああ、そなたも気がついたのか。

私が茶店で雑煮を食べていると、隣りに座って、話しかけてきた。勘兵衛と名乗っていたが」

「どんなことを尋ねてきたのですか」

「仙吉のことを知りたがっていたようだった。しかし、私も仙吉についてはなにも知らぬから、答えようがない。それで、早々に話を切りあげて、別れた。

あの勘兵衛どのは、古いのか」

「今日が、初めてです。あたしの按摩の評判を聞いてきたとか言っていましたが、どうでしょうか。

先生が顔を出す前、しきりに仙吉さんのことを話題にしていたのです。

あの勘兵衛さんは、自分では炭や薪《まき》を扱う商人だと言っていましたが、あたしは、お侍ではないかと思います」

「ほう、どうして武士とわかったのか」

「お侍は日頃、左の腰に両刀を差して歩くので、どうしても背骨がゆがむのですよ。お侍に特有のゆがみがありました。

それと、帯の左の腰のあたりに、少し綿が出ていました。両刀を差しこむため、帯地が擦《す》り切れるのですよ」

「なるほど、なかなか鋭い観察ではないか」

伊織は、苫市の指先の鋭敏さに感心した。

苫市がやや声をひそめた。べつに長屋ではないので、気にすることもないのだが、やはり習《なら》い性《しょう》になっているのであろう。

「さきほどは、勘兵衛さんがいたものですから、言えなかったのですがね。先生にだけは、お伝えしておいたほうがよいと思いまして。

もし、お役人にお知らせしたほうがよいと思えば、先生から伝えてください。ただし、あたしの名は出さないでほしいのですが」

「うむ、わかった。そなたの名は出さないと、約束しよう」

「以前、あたしは仙吉さんの隣に住んでいたと言いましたよね。そのころ、あたしは夜、商売に出かけていました。

風邪を引いて寝こんでしまったことがありましてね。夜も出かけずに、ずっと部屋の中で寝ていたのです。

ふと目が覚めると、仙吉さんの部屋からひそひそ声がするのです。ほかの人間だったら聞きとれなかったかもしれませんが、あたしの耳には聞こえたのです。

『こちらの隣は、いま、空き家になっている。こちらの隣は、独り身の按摩が住んでいるが、いまは商売に出ているようだ。両隣が空き家だ。絶好の機会だぞ』

『そうだな。よし、畳をめくって、床下に埋めよう』

その後、静かに畳を外し、床下の土を掘る音がしていました。

あたしも気になったものですから、じっと聞いていたのです。ところが、なにせ熱があったものですから、いつのまにか眠ってしまいましてね。

あたしが目を覚ましたときには、次の日の朝になっていました。何事もなかったように、仙吉さんはトントンと、葉煙草を刻んでいましたがね」

「ふうむ、床下になにかを埋めたのかもしれぬな」

金なのか、それとも死体なのか。死体なら、すでに白骨となっているであろう。

だが、伊織は口にはしなかった。

苫市も同様な想像をしているのに違いない。

「そのことは、大家の市郎兵衛どのに話したのか」

「いいえ、誰にも言っていません。いま、先生に話すのが初めてです。

うっかり大家さんに話をして、それが仙吉さんに知れたら、怖いですからね。

これまで、黙っていたのです。

しかし、仙吉さんは死にましたから、もうかまわないでしょう。ずっと気になっていたのですよ。いま、先生に話して、すっきりしましたよ」

「そうか、よし、調べてみよう。

いざとなれば、町奉行所の同心や岡っ引に知らせる」

亭主の話が一段落したのを見て、お熊が口を開いた。

「先生、お満という女は、ずうずうしい女ですね。出入りしていた仙吉さんが殺されたというのに、もう、けろっとして、長屋のほかの男のところに出入りしているそうですよ」

「ほう、そうなのか」

苫市が驚いて言った。まだ知らなかったらしい。女房のほうが井戸端《ばた》などで噂話をするので、はるかに早耳のようだ。

「おい、誰のところだ」

「一日中、コンコン、音を立てている男さ」

「ああ、彫金師《ちょうきんし》の藤助《とうすけ》だな」

「藤助さんは以前、お満さんのことを、ちんこきりの尻軽女とか、悪口を言っていたそうだけどね」

「口先だけさ。本心では、仙吉がうらやましくって、たまらなかったのだろうよ。男はそんなものさ」

「おや、おまえさんもそうなのかい」

お熊の鋭い舌鋒《ぜっぽう》に、苫市もたじたじだった。

お末と虎吉が笑いだす。

伊織は話を聞きながら、藤助も居職だと思った。

彫金師は、刀の鍔《つば》や仏具などに、鏨《たがね》で絵や模様を彫る職人である。一日中、長屋の部屋で仕事をしている。居職という点では、ちんこきりの仙吉と同じだった。

ハッと気づいた。

風呂敷に付着していた微細な金属片である。

彫金師であれば、着物に金属片が付着しているであろう。そして、行く先々で、まき散らしているであろう。もし風呂敷を使用すれば、そこに金属片が落ち、付着しても不思議ではない。

「仙吉の部屋と藤助の部屋は近いのか」

「路地をへだてて、筋向いですね」

お熊が干菓子を食べながら答える。

もとは町内の一膳飯屋《いちぜんめしや》で、住みこみの下女奉公をしていたのだが、苫市と所帯をもって以来、すっかり長屋の住人になっていた。長屋のかみさん連中と、井戸端会議をしているに違いない。

伊織がさらに、お熊に言った。

「一昨日の夕方、風呂敷包を提《さ》げて長屋から出ていく者を見かけなかったか」

「さあ、とくに気づきませんでしたが」

「多くの人間が住んでいるのだから、誰かが見ているはずだ。かみさん連中に、それとなく訊《き》いてくれないか」

「わかりました。おしゃべり好きな人ばかりですから」

「もしわかったら、手数をかけるが、すぐに知らせてほしい」

その後、苫市とお熊は、お末や虎吉としばらく世間話をしたあと、帰っていった。

五

助太郎が手習いを終え、咸姫が『解体新書』の講義を終え、ともに帰ったあと、沢村伊織はひとりで稲荷長屋に出かけた。

往診や検死ではないため、杖だけを手にし、薬箱はさげていない。

浅草阿部川町の通りを歩きながら、越後屋《えちごや》に気づいた。

（そうか、越後屋と稲荷長屋は同じ浅草阿部川町だったな）

越後屋の店先には色鮮やかな錦絵《にしきえ》が並べられ、若い娘が群がっているのは役者絵である。

いっぽうでは、娘たちに圧倒されながらも、ひとりの勤番《きんばん》武士が美人画を手に取って、しげしげとながめていた。吉原の花魁《おいらん》を描いた錦絵のようだ。国許《くにもと》に土産《みやげ》にするつもりであろう。

越後屋は本屋で、出版も手がけている。

助太郎は越後屋の長男で、いずれは店を継ぐ立場だった。ところが、剣術道場に通って剣術に熱中し、手習いは怠《なま》けていた。

あるとき、主人の太郎右衛門《たろうえもん》は倅《せがれ》が十四歳にもなりながら、ろくに読み書きができないのを知り、愕然《がくぜん》とした。いまさら寺子屋《てらこや》には通わせられない。そこで、伊織に助太郎の個人教授を頼んできたのである。

以来、助太郎は伊織のもとに毎日のようにやってくるが、手習いよりは、師匠が検死に出向くときに供をするのが楽しみのようだった。

ところが、咸姫が通ってくるようになって、助太郎の手習いも真剣味を帯びてきた。まさに、咸姫効果だった。

また、咸姫にとっても、助太郎と話をするのは、なによりの楽しみになっているようだった。

というのも、旗本の娘ともなると、自由な外出はできない。屋敷内で、女中などの奉公人に囲まれた、退屈な日々である。

庶民の子である助太郎との触れあいは、咸姫には新鮮そのものなのかもしれなかった。

もちろん、いつまで続くかはわからない。身分が違うため、いずれは顔を合わすことすらままならなくなろう。

（しかし、咸姫には、いい思い出になるかもしれぬな）

伊織は越後屋の前を歩きながら、ちらと目をやったが、助太郎の姿はなかった。

しばらく歩くと、稲荷長屋の木戸門が見えてきた。

折しも、豆腐の行商人が路地から出てきたかと思うと、入れ違いに魚の行商人が路地に入っていく。

木戸門を入ってすぐ左が、大家の市郎兵衛の住まいだった。

伊織が土間に立って声をかけると、すぐに市郎兵衛が姿を見せた。

「おや、先生、昨日はご苦労でございました」

市郎兵衛はそこまで言うと、伊織の来訪の目的を問うこともなく、堰《せき》を切ったようにしゃべりはじめた。

「昨日は、あれから大変でしたよ。首なし死体を戸板に乗せて、町内の自身番に運ぼうとしたのですが、町役人が、

『そんなものを自身番に持ちこまれては迷惑だ。すぐに寺に運んで、埋葬してもらえ』

と言うではありませんか。

すったもんだのあげく、けっきょく長屋からそのまま寺に運ぶことになりま

してね。早桶《はやおけ》を用意して、首なし死体を詰め、寺に運ぶことになったのですが、人足《にんそく》をどうするか。

長屋の連中に声をかけ、手間賃を払う約束で何人かを雇い、早桶をかついで寺まで行ったのですがね。もちろん、あたくしも同行しました。

そんなこんなで、あたくしが家に帰ってきたときは、もう夜が更《ふ》けていましたよ。町内の物入りも、大変なものですぞ。

まったく、お役人は横暴《おうぼう》ですな。けっきょく最後は、

『町内の責任で始末しろ』

というわけで、面倒はすべて、あたくしどもに押しつけてくるわけですからな。もう、たまったものでは、ありませんよ」

伊織は聞きながら、市郎兵衛の憤懣《ふんまん》も、もっともだと思った。

町奉行所の検使にかかわるようになって以来、伊織もひしひしと感じていたことだった。

とくに、同心の鈴木順之助や岡っ引の辰治が悪質と言うわけではない。ふたりはまだ、良心的なほうであろう。

町奉行所の制度そのものに原因があった。

けっきょく、面倒なことはすべて町内に押しつけているのではなかろうか。

「あらあら、おまえさん、お客さんを立たせたままで、なんですか」

奥から出てきた女房が、市郎兵衛に言った。

市郎兵衛もハッと気づいたようである。

「これは、失礼しました。どうぞ、おあがりください」

「いや、ここでかまいません」

それまで土間に立っていた伊織は、上框に腰をおろした。

女房が伊織の前に、ぬるい茶を出す。

興奮状態から我に返った市郎兵衛は、照れ笑いを浮かべていた。

「それで、先生のご用は、なんでございましたか」

「仙吉どのが住んでいた部屋は、いまはどうなっていますか」

「死体は片付きましたが、まだ家財道具や商売道具がそのままですからね。仙吉が入居したときの請人《うけにん》に知らせ、その返事を待っているところです。

できれば、家財道具や商売道具はすべて古道具屋に売り払い、町内が負担した費用にあてたいのですがね。

さいわい、畳が血で汚れていません。畳替えはせずに済みそうなので、あたくしもほっとしております。畳が血だらけだったら、目もあてられないところでしたよ。

しかし、世の中には物好きな人もいますな。さっそく、あの部屋を借りたいという人が来ましてね。あたくしは正直に、人殺しがあったことを告げたのですが、かまわないというのですから。

度胸がいいと言いますか、変わり者と言いますか」

「ほう、その人は借りることになったのですか」

「いえ、部屋が片付いてからにしたいので、四、五日してからまた来てくれと、返事したのですがね。

まさか、先生も、あの部屋を借りたいというわけではないですよね」

「いえ、そうではありません」

「では、と言いますか、えーと、そもそも、先生はなんの用事でしたか」

「じつは、昨日、あの部屋で薬箱を広げたとき、手術道具を落としたようなのです」

「なにを落としたのですか」

「外科手術のとき、手足の骨を切る鋸《のこぎり》です。骨切《ほねきり》とも言いますが」

「えっ」

市郎兵衛の顔色が変わった。

昨日の、伊織の骨切断の説明——鉈で叩き切るか、鋸で引き切るか——が脳裏によみがえったのかもしれない。

「そんな物を長屋に残しておいては物騒ですからね」

「もちろん、そうです。死体は二度とごめんですからね」

「仙吉どのの部屋で探したいのですが、私がひとりで勝手に入るわけにもいきません。お手前に同行を願いたいのですが」

「わかりました。ご一緒しましょう。あたくしも、部屋の中をきちんと点検したいですからな」

＊

腰高障子を開けて、中に入った。

閉めきっていたためか、饐《す》えたような臭いがこもっている。

仙吉の家財道具や商売道具はみな隅に寄せられ、妙に中央が空いている。昨日、首なし死体のまわりに四人が集まった名残《なごり》だろうか。

伊織は慎重に畳を踏みしめ、隅々まで見ていく。一か所、畳がわずかに沈む箇所があった。

その場に立ち、足で踏みしめる。

かすかにギシギシと軋《きし》む。床の根太《ねだ》がずれているようだ。

「先生、見つかりましたか」

「いや、まだ見つかりません。もしかしたら、別な場所で落と……」

伊織は途中で言葉を飲みこんだ。

ぬっと土間に入ってきた者がいる。路地を背にしているため、全身が影に包まれていた。

「きさまら、そこで、なにをしておる。なにか、探し物か」

そう言いながら、男は草履《ぞうり》のまま畳の上にあがってきた。

顔は手ぬぐいで頬被《ほおかぶ》りし、腰に両刀を差していた。

「ここで忘れ物をしたので、探していた」

そう言いながら、伊織は内心、しまったと思った。せっかく護身用《ごしんよう》の杖を持参しながら、部屋にあがるとき、土間に立てかけておいたのだ。

いっぽう、市郎兵衛の声は震えていた。

「あ、あたくしはこの長屋の大家ですぞ」

「なにか知っているのか。正直に申せ」

男が腰の大刀を抜いた。

市郎兵衛はその場にへたりこむ。

「ひえ、なんでも知っていることは申しあげます。どうか、お許しを」

今度は、男が剣先を伊織に向けてきた。

伊織はいま、身に寸鉄《すんてつ》も帯びていない。急いで室内を見まわしたが、目に留まったのは煙草包丁くらいだった。こんな短い刃物では、とうてい大刀に太刀打ちできない。

とりあえず伊織は後退し、壁に背中をあてた。

せまい室内である。しかも、裏長屋なので天井も低い。

むやみに刀を振りまわせば、剣先が天井に喰いこみかねない。男も不用意に刀を振るえないであろう。そこに、伊織は勝機を見出すつもりだった。

「おい、きさまの狙いはなんだ」

男が刀を構え、ぐいと踏みだしてくる。

伊織は背中を壁につけたまま、横に、横に移動した。

「逃げられんぞ、それ」

男が剣先で突いてきたが、小手先《こてさき》だけの突きだった。思いきり突くと、下手《へた》をすれば壁を突き破るのは、男もわかっている。

伊織は立てかけてある杖を、目の端にとらえた。もう少しである。

足先が葉煙草の束をとらえた。伊織は葉煙草を蹴《け》りあげる。

宙に舞った葉煙草を、男は余裕たっぷりに斬り捨てた。

切断された葉煙草が、斜めに舞いながら落ちる。

「ふん」

鼻でせせら笑いながら男が刀を向けたとき、伊織はすでに杖を手にしていた。

右手に持った杖をだらりとさげ、相手に正面を向いて対峙《たいじ》する。

一瞬、男の目に狼狽《ろうばい》があったが、すぐに落ち着きを取り戻す。続いて、頬に冷笑が浮かんだ。伊織が手にしているのが、竹の杖とわかったからであろう。

いっぽう、このとき、路地から差しこむ明かりで、伊織も相手が誰なのかわかった。

手ぬぐいで頬被りをしていたが、昨日、掛茶屋で話しかけてきた勘兵衛に違いなかった。

「そんな物で、勝てると思っているのか」

勘兵衛が刀を八双《はっそう》に構え直す。

その機を逃さず、伊織は右半身を相手に向ける、半身の姿勢になった。そして、それまでさげていた杖をさっと水平にすると、右足を大きく踏みだす。

身体全体の勢いをこめて、伊織は杖で勘兵衛の胸部を突いた。

思いもよらぬ突きに、勘兵衛は刀を振りおろすこともできなかった。

「うっ」

と、苦悶《くもん》の声を発し、身体を硬直させる。

いったん、伊織は杖を手元に引き戻し、さらに第二撃を腹部に決めた。

ついに、勘兵衛は刀を取り落とし、その場にがっくりと膝から崩れ落ちた。頭を垂れ、腹部の苦痛にうめいている。

「おい、どうした」

路地から顔をのぞかせた男が怒鳴った。

伊織は背筋が寒くなった。路地に、見張りの男がいたのだ。

いまはへたりこんでいるが、そのうち勘兵衛も回復し、立ちあがる。しょせん、竹の杖で突いたに過ぎない。

相手がふたりでは、とても勝ち目はなかった。

ふたりから前後、あるいは左右から迫られるのを避けるため、伊織は先手を打って、杖で突きかかった。

いったん土間に足を踏み入れた男は、あわてて路地に退《しりぞ》く。

路地に飛びだした伊織は、今度は杖を斜め上に掲げた。杖で撃ちかかると見せたのである。

対する相手は背が低く、丸顔で、小太りだった。すでに、腰の大刀の柄《つか》に手をかけている。ひと太刀で、竹を斬り捨てるつもりであろう。

男が刀を抜き放とうとしたそのとき、

「メーン」

と、背後から鋭い声がした。

同時に、男の頭がパシーンと鳴った。

見ると、剣術防具の面、胴、籠手《こて》を身につけた男が、竹刀《しない》を構えて立っていた。

伊織は啞然《あぜん》としたが、男はもっと驚き、激昂《げきこう》していた。

「な、なにぃ、きさま」

男が振り返り、あらためて刀を抜こうとする。

ところが、相手の動きはすばやかった。

「コテー、メン、メン、メン、ドー」

竹刀が男の手首、脳天、右の脇腹《わきばら》に決まり、ビシ、ビシ、と小気味よい音を立てる。

もう、滅多打ちだった。

男は刀を抜くこともできず、立っているのがやっとのようだ。皮膚《ひふ》が裂けた額《ひたい》からは鮮血が垂れている。

よろよろと路地の上をよろけたが、かろうじて踏みとどまると、

「くそう」

と、憤怒《ふんぬ》のうなり声を発しながら、なおも刀を抜こうとする。

そこに、伊織が大きく踏みこみながら、杖で男の右肩を突いた。

全身が硬直し、右手がだらりと垂れる。突きの手ごたえから、おそらく骨の一部にひびが入ったろう。男は、しばらくは刀を握れまい。

「助太刀《すけだち》、かたじけない」

伊織が礼を述べようとした。

防具をまとった男が叫ぶ。

「先生、危ない、後ろ」

その声は、まぎれもなく助太郎だった。

防具をまとった者の正体と、その警告の二重の驚きで伊織が振り返ると、勘兵衛がよろめきながら路地に出てくるところだった。右手に白刃《はくじん》をさげている。

伊織が杖を水平に構えた。

「ま、待て。我らはもう、このまま帰る」

勘兵衛が苦しそうに言いながら、ぎこちない動作で刀を腰の鞘《さや》におさめた。しゃべるだけで、身体に激痛が走るようだった。

路地にはすでに、多くの住民が詰めかけていた。みな注視するだけで押し黙っている。

勘兵衛ともうひとりの歩みにつれ、人垣が崩れ、通り道ができた。

見物人の脇を抜けて、ふたりは精一杯の威厳をたもちながら、頼りない足取りで木戸門のほうに向かう。

ふたりの後ろ姿を見送りながら、助太郎は心外そうだった。

「先生、あのふたりを見逃すのですか」

「相手は西洋剣術の突きの動きを知らなかった。それで、私は相手の意表を突くことができた。

そなたの場合も、相手の意表を突いて背後から撃ちこんだからこそ、圧倒できたのだぞ。

竹の杖や竹刀では、まともに刀と立ちあったら、とうてい勝てない。ここは、先方が退散《たいさん》してくれるだけで、よしとすべきだ」

伊織が懇々《こんこん》と諭《さと》した。

このままでは助太郎が妙な自信を持つのが、伊織は心配だったのだ。それこそ、生兵法《なまびょうほう》は怪我のもとになりかねない。

ふたりが死に物狂いで刀を振るえば、長屋の住人にも死傷者が出かねなかった。

しかし、師匠の配慮など理解できないのか、助太郎は不満そうである。面をつけているので表情はよくわからないが、きっと膨れっ面《つら》をしているであろう。

「ところで、そなたはなぜ、そんな奇抜な格好をしておるのか。最初は、誰だかわからなかったぞ」

「中庭でひさしぶりに立ち木を相手に、剣術の稽古をしていたのです。お父っさんも、わたしの手習いが進んでいるので、ときどきなら竹刀を振ってもいいと認めてくれましたので。

稽古を終えたとき、板塀の隙間《すきま》から、先生が歩いているのが見えました。見ていると、ふたりのお侍が先生のあとをつけているようでした。それで、わたしは気になって、ついていったのですが。

勝手なことをすると先生に叱《しか》られるかもしれないので、わたしとわからないよう、防具をつけたままにしたのです」

助太郎は大真面目に言う。

伊織は笑いだした。

「おいおい、その格好だと、身を隠すどころか、かえって目立つぞ。しかし、そなたに助けられたのはたしかだ」

さすがに、助太郎も自分が異様ないでたちだと気づいたようだ。あわてて、面を外そうとしている。

助太郎の様子を見ていて、伊織はふと思いついた。

「そなたが面をつけていたので、さいわい、あのふたりはそなたの顔を知らない。ひとつ、頼まれてくれぬか」

「はい、なんでしょう」

「防具を外してしまえば、そなたの年恰好《としかっこう》は商家の奉公人と変わるまい。あのふたりのあとをつけてくれ。行先を確かめるのだ。あの覚束ない足取りでは、まだ遠くへは行っておるまい。すぐに追いつけるはずだ」

「はい、わかりました」

助太郎は新たな任務に目を輝かせている。

その場に竹刀を置き、すばやく面、胴、籠手を外す。

「ひとまず、大家の市郎兵衛どのにあずかってもらう。よいな」

「はい、わかりました。では、行ってまいります」

助太郎の後ろ姿に向け、伊織が最後の注意をあたえる。

「けっして無理をするなよ。尾行《びこう》に気づかれたと思ったら、すぐに走って逃げろ。よいな」

助太郎の竹刀と防具を受け取りながら、市郎兵衛が言った。

「一時は、どうなることかと思いましたよ。

ところで、先生は剣術をお遣《つか》いになるのですか。失礼ながら、ちょいと変わった剣術のようですが」

「私は長崎で蘭方医術の修行をしたのですが、そのとき、出島《でじま》のオランダ商館のオランダ人と知りあい、西洋剣術を習ったのです」

「ほほう、あれは西洋剣術ですか。すると、日本の剣術より、西洋剣術のほうが強いのですか」

「かならずしもそうとは言えません。さきほど、私が勝てたのは、相手が突きを主体とする西洋剣術の動きを知らなかったからです。

次に対戦したら、相手も西洋剣術の動きを知っていますから、そう簡単に不覚はとらないでしょう。私があっけなく負けるかもしれません」

「ご謙遜《けんそん》を」

「いや、謙遜ではなく、私の経験なのです」

「ほう、そんなものですか。

それにしても、大変なものですな。もう、芝居を観ているようでしたぞ」

市郎兵衛は感心しきりである。

伊織が言った。

「ところで、仙吉どのが住んでいたあの部屋は、封鎖《ふうさ》していただけませぬか」

「封鎖？　いったい、なぜです」

「おそらく、明日か明後日《あさって》、町奉行所の同心の鈴木順之助さまが検使に来るはずです。それまで、誰も入れないようにしておいたほうがよいでしょうな。あらためて、お調べがあるはずです」

「え、またご検使ですか。それは大変だ」

市郎兵衛の顔つきが変わっている。

さきほど、武士が押しかけてきたのを思いだし、仙吉の部屋になにか秘密があるのを悟ったらしい。下手をすると、大家である自分の落度になる。

「さて、どうしますかな。番人を立てるわけにもいきません。

そうだ、以前、ある商家が、お上のお咎《とが》めを受け、『戸締《とじめ》』を命じられたのを見たことがございます。すべての戸を外から釘《くぎ》で打ちつけ、出入りできなくしておりました。

この戸締のようにすればよろしいですかな」

伊織はちょっとおおげさかなと思ったが、厳重なのに越したことはあるまい。

「そうですな。しかし、そんな戸締などできますか」

「長屋に大工が住んでおります。その大工にやらせましょう。大工なら、お手のものです」

「なるほど、それは名案です。では、お願いしますぞ。

また、お手数ですが、助太郎の竹刀と防具もお願いします。じきに、受け取りに戻るはずですから」

「承知しました。

しかし、あの武者姿には驚きました。先生のお弟子は勇《いさ》ましいですな。まさに文武両道。あたくしに倅《せがれ》がいたら、先生に預けたいくらいです」

伊織は苦笑するしかない。

見ると、まだ路地には多くの住人が出ていて、しきりにさきほどの活劇について話しているようだった。

稲荷長屋で騒動が起きたという噂は、明日には町内に広まっているに違いない。

六

浅草阿部川町の稲荷長屋からの帰途、沢村伊織はふと思いついて、方向は逆になるが、下谷山崎町に足をのばしてみることにした。

まだ、目高屋を間近にながめたことはない。ともかく、ひと目見ておいたほうがよかろうという気分だった。『犬も歩けば棒にあたる』で、なにか収穫があるかもしれない。

広大な幡随院の築地塀《ついじべい》に沿って歩いていくと、山崎町のにぎやかな街並みとなる。

すぐに、表通りに面した目高屋に気づいた。

伊織は煙草を吸わないため、日頃は煙草屋には関心がないのだが、いまは違う。

（ほう、あれが目高屋か。繁盛しているようだな）

ちんこきりの仙吉も、葉煙草の受け取りに、そして刻んだ葉煙草の納入に、いまの伊織と同じ道筋で目高屋に行き来していたのかもしれない。さらに、目高屋のお満もこの道筋で、稲荷長屋の仙吉を訪ねていたのだろうか。

（おや、あの女は、もしかして……）

それまで、男と連れ立っていた女が別れてひとりになるや、目高屋の裏口らしき方向に歩いていく。

たんに目高屋を目指しているだけでは、特段のことは言えないが、女は振袖姿で、駒下駄を履《は》いていた。女中や下女などの奉公人ではない。

伊織は足を速め、女が裏口から中に入る前に、追いついた。

「ちと、尋ねたいことがある」

「あたしですか」

振り向いた女の目には、さほど警戒の色はない。

やはり、黒羽織《くろばおり》を着た伊織のいでたちが医者に見えるからであろう。男に対する自信のようなものかもしれない。

いっぽう、伊織は間近に女の顔を見て、お満に違いないと思った。

淫蕩《いんとう》な色気を漂わせている。ぽってりとした唇を半開きにして、伊織を濡れたような視線で見つめ返してくるのは、男にあたえる効果を充分に心得ているのをうかがわせた。

「蘭方医の沢村伊織と申す。山崎町の彦兵衛長屋で見つかった生首と、阿部川町の稲荷長屋で見つかった首なし死体の検死をした医者だ。お満どのとお見受けしたが」

「はい、あたしになにかご用でしょうか」

やはりお満だった。

十五歳という年齢に、あらためて驚く。

「そなたは、岡っ引の辰治親分に、打ち捨てられた稲荷社の裏で、仙吉どのと会っていたと述べたそうだな」

「はい、そのとおりです」

お満はきっぱり答え、いささかも動揺はない。

だが、伊織は相手の無知につけこむつもりだった。

男を籠絡《ろうらく》することに関しては年増女《としまおんな》にも匹敵《ひってき》するほどの手練手管《てれんてくだ》にたけているにしても、医術にはまったく素人《しろうと》のはずだった。ましてや、科学的な知識は皆無《かいむ》に違いなかった。

「従来の漢方医とは違って、蘭方医は人間の身体の腑分けに慣れておりましてね。死体を見れば、死んだ日時や、どこで殺されたか、どうやって殺されたかなどは、ほぼ正確にわかるのです。

また、たとえ首がなくても、身体をくわしく調べれば、年齢や商売がわかりますし、どんな顔をしていたかも、おおよそわかるのです。

ところが、調べれば調べるほど、どうも、妙でしてね」

「なにが妙なのですか。仙吉さんが包丁で人を刺して殺し、首を切り取って持ち去ったのはあきらかだと思いますが」

お満がむきになって言った。

伊織は内心、

(よし、これで間違いない)

と叫んだ。

首なし死体が包丁で胸を刺されていたことは、当時、現場にいた人間か、検死に立ちあった人間しか知りえない事実である。お満は挑発に乗り、うっかり口走ってしまったことになろう。

興奮はおくびにも出さず、考えあぐねているように言った。

「いや、仙吉どのが殺されたのではなかろうか、という疑いがありましてね。つまり、生首も、首なし死体も、仙吉どのというわけです。

そこで、彦兵衛長屋で見つかり、寺の墓地に埋葬された生首を、掘りだそうかと思っているのです。そして、稲荷長屋の人々や、そなたに見てもらおうかと考えていましてね。そうすれば、殺されたのが誰なのか、はっきりするはず。

生首は土の中に埋められたので、かえって腐《くさ》るのが遅いのです。多少、臭いはしますが、まだ崩れてはいません。その顔を見れば、知った人ならすぐにわかるはず。

もちろん、奉行所のお役人に申しあげ、お役人から、そなたをはじめ、稲荷長屋の人々を、お奉行所に呼びだす形になるでしょうがね」

それまで、無表情で視線を遠くに漂わせていたお満が、まともに伊織を見つめた。嫣然《えんぜん》と微笑《ほほえ》みながら、

「先生には、ちゃんとお話ししたほうがよろしいですね。でも、こんなところで立ち話はできません。

あたしが心安くしている鰻屋《うなぎや》があります。二階座敷を使わせてもらうことができるのですよ。ふたりきりで話をすることができますから、そこにまいりましょう」

と、伊織の袖を取った。

（これで十五歳か……）

伊織は内心でうめいた。

ふと、岡っ引の辰治もこの手で、お満に籠絡されたのではなかろうかという疑念が生じた。

（まさか……）

「先生、行きましょうよ」

お満が歩きだそうとする。

伊織が静かに言った。

「さきほど一緒にいた若い男は、彫金師の藤助どのか」

「えっ。違います。知らない男に、道を聞かれただけです」

そう答えながら、お満の顔から血の気が引いていた。

図星だったに違いない。

「生首が包まれていた風呂敷を、顕微鏡で調べました。顕微鏡は、オランダ由来の、小さな物でも大きくして見える器具でしてね。

顕微鏡で見たところ、風呂敷に小さな銀や銅の破片が見つかったのです。彫金師の身体には知らず知らず、くっついているものです。

生首を包んでいた風呂敷は、彫金師が手に触れ、そのときについたと思われます。これを、どう考えますか」

「知りません」

お満は言い放つや、くるりと踵《きびす》を返し、目高屋の裏口に駆けこんでいく。

伊織はお満の後ろ姿を見送りながら、首の切断と投棄《とうき》について、同心の鈴木順之助が女の仕業《しわざ》の可能性を示唆《しさ》していたのを思いだした。

鈴木の推理は、かなり核心をついていたと言えよう。

＊

伊織が家に帰ると、下女のお末が言った。

「苫市さんの女房のお熊さんが来ましたよ」

「ほう、いつだ」

「先生がお出かけになったのと入れ違いでした」

ついさきほどまで、伊織は稲荷長屋にいた。

お熊とはすれ違いになっていたことになろう。

「で、なにか知らせに来たのか」

「へい。長屋のかみさんのひとりが、彫金師の藤助さんが手ぬぐいで頬被りをし、風呂敷包を提げて出かけるのを見かけていたそうですよ」

「そうか、やはり」

伊織はこれで、すべてがつながると思った。

文机の前に座り、紙に筆で経過を聞きこんでいく。もう心得ているため、お末も、亭主の虎吉も、伊織にはいっさい話しかけてこない。

助太郎がやってきたとき、すでに室内の行灯《あんどん》に灯《あかり》がともっていた。

「先生、わかりましたよ」

「そうか、ご苦労だった。それよりも、大家の市郎兵衛どのから、竹刀と防具は受け取ったか」

まず、伊織は気になっていたことを確かめる。

「はい、受け取りました」

「太郎右衛門さんからは叱られなかったか」

これも、伊織が気になっていたことだった。

助太郎が嬉《うれ》しそうに笑う。

「同じ町内ですから、噂はすぐに広がります。噂を聞いたお父っさんは最初、

『助太郎が剣術の道具を身にまとって稲荷長屋に押しかけ、お武家を竹刀で叩きのめしただと……。あの唐変木が、なんてことをしてくれたんだ』

と、真っ赤になって怒っていたそうです。

ところが、その後、

『師匠が危《あや》ういと見て、助太郎さんが飛びだしていき、刀を持ったお侍を竹刀で

打ち据えたそうです』

　という噂が伝わって来て、お父っさんも、

『そうか、先生と一緒だったのか。やむにやまれず、ということだな』

　と言って、ようやく機嫌を直したそうです。

　この順番に伝わってきた噂は、番頭さんに聞かされたのですけどね。お父っさんの機嫌がちょうど直ったところ、わたしが帰ったものですから。叱られることはありませんでした。それでも、けっこう仏頂面をしていましたけどね」

　伊織は太郎右衛門の心理を想像した。

　叱り飛ばすわけにはいかないが、褒《ほ》めるわけにもいかないというところだろうか。しかし、父親としては、息子の活躍を知って嬉しくないはずはなかろう。

　伊織は近いうち、越後屋太郎右衛門を訪ねて挨拶しようと思った。

「それで、あとをつけたお侍のことです」

　助太郎が説明をはじめた――。

　さほど遠くない、仲御《なかお》徒町《かちまち》と呼ばれるところのようだった。一帯には、微禄《びろく》の御家人の屋敷がひしめいている。

ふたりは、それぞれ別な屋敷に入っていった。

武家屋敷には表札など出ていない。また、御家人の屋敷には門番などいないので、当主の名を尋ねることもできない。

そこで、助太郎は屋敷の場所を覚えたあと、通りがかりの人に、

「ちょいとお尋ねします。こちらのお屋敷は、どなたさまのお屋敷でございましょうか」

と、根気よく質問を続けた。

用のある屋敷がわからなくなって、途方に暮れている商家の奉公人をよそおったのである。

「ようやく、ひとりがエンドウ、もうひとりがヒグチとわかりました」

助太郎が得意げに胸を張った。

「エンドウとヒグチの、それぞれ区別はつくか」

「先生がやっつけたほうがエンドウ、わたしが竹刀で殴ったほうがヒグチです」

エンドウは遠藤、ヒグチは樋口であろう。

色の浅黒い、下駄顔の男が遠藤勘兵衛、背の低い丸顔の男が樋口某《なにがし》というこ

とになる。

「日が暮れかかってきたので、それで帰ってきたのですが、屋敷の場所はちゃんと覚えています。明日、もう一度行って、くわしいことを調べてきましょうか」

「いや、もうよい。そなたは充分に働いてくれた。あとは、岡っ引の辰治親分に任そう。

私は、これから辰治親分のところに行く」

辰治は下谷御切手町《ごぎってちょう》で汁粉屋《しるこや》をやっている。

表向きは、辰治は汁粉屋の主人ということになるが、実際には商売は女房に任せていた。

岡っ引は奉行所の正式な雇い人ではない。あくまで、同心が私的に使う配下にすぎなかった。

そのため、岡っ引は奉行所から俸給《ほうきゅう》が支給されるわけではなく、同心から手当てをもらうだけだった。それでいて、岡っ引は少なからぬ子分に仕事を頼んだときなど、小遣いを渡さなければならない。

これでは、とうてい岡っ引の生活は成り立たない。辰治のように別に商売をやって生計を立てている者が多かったが、そうではない岡っ引は暮らしていくため、町奉行所の役人の威光を借りて、あこぎな金儲《かねもう》けに走りがちだった。

有能な岡っ引は犯罪の捜査に必要だったが、弊害《へいがい》も大きかったのは、町奉行所が岡っ引を正式に認めず、俸給を支給していないことが背景にあった。

辰治の場合は、汁粉屋を営《いとな》んでいるため、自分が岡っ引稼業で出歩いていても、食うに困ることはないようだった。

「では、出よう。途中まで一緒だ」

伊織は助太郎をうながし、家を出た。

夜分にもかかわらず辰治を訪ね、これまで判明したことを知らせるつもりだった。

明日の朝、自身番に巡回に来た同心の鈴木順之助に辰治が報告し、いよいよ町奉行所が動くことになろう。

「明日の手習いは、中止になるかもしれぬな。咸姫どのには、お末に伝えにいってもらおう」

夜道を歩きながら、伊織が言った。

助太郎は明日、大きな動きがあるのを敏感に察したようである。

「では、先生が出かけるとき、わたしがお供をします。明日は、早くからうかがいますので」

「そうだな、供を頼もうか」

伊織としても、今日は助太郎に助けられただけに、駄目とは言えなかった。

第三章　金精神

一

浅草阿部川町の自身番は、低い木の柵《さく》の内側が玉砂利を敷きつめた前庭になっていた。

玉砂利を踏みしめて進むと、三尺張り出しの式台《しきだい》がある。なかにあがると、八畳の畳敷きの部屋になっていた。

部屋の片隅《かたすみ》に机、火鉢《ひばち》、茶道具が置かれ、火鉢には炭火を絶やさない。詰めている人間が茶を飲み、煙草《たばこ》を吸うためである。そのため、火鉢の五徳《ごとく》の上に置かれた鉄瓶《てつびん》は、つねに白い湯気をあげていた。

八畳の部屋の奥に、腰高障子《こしだかしょうじ》で区切って、三畳ほどの広さの板の間がある。

板の間は、窓なしの板張りの壁《かべ》だった。

壁には鉄の環《わ》が取りつけられている。暴漢《ぼうかん》や怪しい者を町内の人間が協力して取り押さえたとき、縄で身体を縛ったうえ、この鉄の環につないでおく。そして、翌朝、定町廻り同心が巡回に来たとき、身柄《みがら》を引き渡すのである。

同心がこの板の間で、捕縛された人間を取り調べることもあった。

さて、今日、阿部川町の自身番は、畳敷きの部屋と板の間の境の障子を取り外し、およそ十一畳の広間になっていたが、人いきれでむせ返りそうだった。

というのも、多数の人間が詰めかけていたからだ。

出席していたのは、

町奉行所の同心鈴木順之助、

岡っ引の辰治、

検死医の沢村伊織、

稲荷《いなり》長屋の大家の市郎兵衛、

稲荷長屋の住人で、彫金師の藤助、

彦兵衛長屋の大家の彦兵衛、

彦兵衛長屋の住人で、野菜の棒手振《ぼてふり》の浅吉、

目高屋の娘のお満、
浅草阿部川町の町役人、
下谷山崎町の町役人、弥左衛門

の、合わせて十人だった。

伊織の供の助太郎と、鈴木の供の中間《ちゅうげん》は式台に腰をおろしている。また、そばに商家の丁稚《でっち》らしき少年が二、三人、立っているが、町役人の供であろう。そのほか、目高屋の奉公人もいるようだった。

鈴木が一同を見まわし、おもむろに言った。

「そろったようだな。では、そろそろはじめようか。

これから、こちらの沢村伊織先生が、今回の事件の全貌《ぜんぼう》について述べる。もし、事実とは異なる点があれば、あとで申し述べるがよい。ちゃんと聞き入れるぞ。

ただし、先生の話はいちおう、最後まで聞いてくれ。途中で口をはさむのは許さぬ。よいな。

では、先生、お願いしますぞ」

言い終えると、鈴木はやおら煙草盆《ぼん》を引き寄せる。

煙管《きせる》をくゆらせながら、高みの見物を決めこんでいるかのようであるが、実際はひそかにそれぞれの表情を観察するつもりらしい。

伊織が口を開いた。

「では、はじめますが、実際はあとで判明したことも整理して、事件の起きた順に述べていきます。

発端は、四日前のことでした。

その日の昼過ぎ、お満どのは、稲荷長屋の仙吉どのの部屋にいました。ふたりのあいだになにがあったのかは、わかりません。これは、あとでお満どのに説明してもらうしかないでしょう。

カッとなったお満どのは台所の包丁《ほうちょう》を手にして、仙吉どのを突きました。狙《ねら》って刺せるものではないので、はずみだったのでしょうが、包丁は仙吉どのの左の胸をつらぬき、即死でした。

お満どのは呆然自失《ぼうぜんじしつ》したのでしょうね。そのため、包丁は胸に刺さったままでした。

このとき、あわてて刺さった包丁を胸から抜いていたら、噴きだした鮮血でお満どのは全身に返り血を浴び、室内にもおびただしい血が飛び散っていたはずです。

しばらくして、我に返ったお満どのは、仙吉どのの死体をそのままにして、逃げだそうとしたのです。

ところが、筋向いの部屋に住む彫金師の藤助どのがちょうど路地に出てきて、鉢合わせしてしまいました。仙吉どのの部屋から出てくるところを見られてしまったのです。あるいは、お満どのが藤助どのの部屋に駆けこんだのかもしれません。

どちらにしろ、お満どのは、藤助どのの力を借りることにしたのです。というのも、以前から、藤助どのが自分に気があることは知っていたからです。充分に意識していたと言えるでしょうね。

苦境を訴えられた藤助どのは、お満どのを助けることにしました。もちろん、義俠心《ぎきょうしん》だけでなく、見返りも期待していたでしょう。お満どのも、見返りを約束したはずです。これも、あとでふたりに説明してもらいましょう。

ふたりで、そっと仙吉どのの部屋に戻りました。

死体を前にして、藤助どのもさすがに驚き、途方に暮れたはずです。とにかく、死体を始末しなければなりません。

最初に考えたのは、床下に埋めることだったでしょう。しかし、男の身体を丸ごと埋めるような穴を掘るのは、とうてい無理です。また、死体をかついで捨てにいくのも無理です。

そこで、藤助どのとお満どのの、どちらが先に言いだしたのかはわかりませんが、死体をバラバラにして、小さな包みにして持ちだし、川などに捨てることに決めました。

藤助どのは、仙吉どのの胸に刺さったままになっていた包丁を抜きました。すでに体内の血は凝固《ぎょうこ》していたので、血が噴きだすことはありませんでした。

そして、包丁で頸《くび》を切ったのですが、さいわい刃が頸椎《けいつい》と頸椎のあいだに喰いこんだので、意外と簡単に首を切り離すことができました。このとき、ふたりは、死体をバラバラにするのは簡単だと思い、自信を得たはずです。

ところが、その後、作業は難航《なんこう》します。手や足を切り分けるのは難しかったのです。時は刻々と過ぎていき、ふたりは焦《あせ》りました。

これも、ふたりのどちらが先に提案したのかはわかりませんが、首だけを捨てて、身体はそのまま残すというものです。そして、死体は仙吉どのとは別人であるように、よそおうというものです。

そうすれば、仙吉どのが人殺しをして、理由は不明だが生首を切り取って姿を消したことになります。仙吉どのはお尋ね者として追われることになりますが、けっして捕らわれることはありません。永久に行方《ゆくえ》不明――じつに名案です。窮余《きゅうよ》の一策だったのでしょうが、よく考えついたと、感心せざるをえませんね。

それはともかく、名案を実現するには、仙吉どのが生きていることを示さなければなりません。

そこで、ふたりで相談して、仙吉どのの着物をはいで丸裸にし、その他の衣類や有り金も残らず持ち去りました。仙吉どのが出奔《しゅっぽん》したように見せかけるためです。藤助どのの部屋を探せば、着物が見つかるのではないでしょうか。

さて、お満どのは時刻を見はからい、そっと長屋を抜けだすと、坂本村の打ち捨てられた稲荷社に行きました。人に見られても平気でした。というより、人に見られるのを計算していたのです。

現に、野菜の行商から戻る浅吉どのが気づき、そっとあとをつけました。お満どのが男と逢引きするに違いないと察し、乳繰《ちちく》りあうところをのぞき見しようとしたのです。

お満どのが長屋を出てしばらくして、今度は、仙吉どのの着物に着替えた藤助どのが、生首を風呂敷に包んで提げ、手ぬぐいで頬被《ほおかぶ》りをして、長屋を抜けだしました。

このとき、藤助どのが風呂敷包を提げていたのは、長屋のかみさんのひとりに目撃されています。

藤助どのは稲荷社の裏で、お満どのと会いました。すでに陽は沈みかけています。ふたりの計画では、お満どのが男と逢引きしているところを人に見られるのが目的だったのです。

藤助どのと仙吉どのは背格好が似ています。しかも、着物の柄も同じです。お満どのがあとで、相手は仙吉どのだったと言えば、さほど疑われません。

日が暮れたあと、藤助どのは風呂敷包を川に捨てるつもりだったのでしょう。稲荷社の裏でお満どのとふたりきりになり、藤助どのは有頂天になりました。

さっそく、迫ったほどです。

ところが、浅吉どのが草むらでくしゃみをして、のぞきをしているのがばれてしまいました。

藤助どのは驚き、のぞきをしていた男を追いかけたのですが、逃げられてしまいます。そのとき、草むらに天秤棒《てんびんぼう》が置かれ、竹籠《たけかご》の中に南瓜《かぼちゃ》があるのに気づきました。

せっかくのところを邪魔された忌々《いまいま》しさもあり、藤助どのは持参していた風呂敷包と南瓜をすり替えたのです。あとで生首に気づいた棒手振も、面倒に巻きこまれるのを恐れ、ひそかに川などに捨てる、と踏んだのかもしれません。

いわば、厄介払いしたわけです。

お満どのと藤助どのがいなくなったあと、すり替えなど夢にも知らない浅吉どのは天秤棒で生首をかついで彦兵衛長屋に戻りました。そこで、南瓜と生首がすり替わっているのがわかり、大騒動になったわけです。

次の日、先一昨日ですが、同心の鈴木順之助さまが、岡っ引の辰治親分とともに稲荷長屋に検使《けんし》に出向きました。さらに、私も呼ばれ、生首を検死したわけですが、死んだあと、包丁などの刃物で切断されたことがわかりました。

ただし、生首が誰なのかを知る者がなかったため、不明のまま、埋葬《まいそう》されました。

その後、辰治親分は浅吉どのが述べた事情を踏まえ、お満どのを尋問《じんもん》しました。稲荷社の裏で逢引きしていた相手は誰だ、と。

するのか、お満どのは、仙吉どのに会っていたと告げたのです。つまり、仙吉どのがまだ生きていたようによそおったのです。しかも、相手は辰治親分です。利用するには格好の相手でした。

翌日、三日目ですね、一昨日のことです。

辰治親分は仙吉どのに会って裏を取るため、稲荷長屋に出向きました。すると、仙吉どのの部屋で首なし死体が見つかり、大騒ぎになっていました。

その後、同心の鈴木さまと私も出向き、検死をおこないましたが、はっきりわかったのは、彦兵衛長屋で騒ぎになった生首と、稲荷長屋の首なし死体は同一人物ということです。

もちろん、長屋の住人をはじめ、みなは死体が仙吉どのと信じこんでいました。

ところが、鈴木さまと辰治親分は、仙吉どのが人殺しをして行方をくらませたのではないか、仙吉どのは生きているのではないか、という疑いを持ちました。

お満どのの証言に振りまわされたわけです。

かくして、お満どのと藤助どのの計画は成功するかに思えました。殺された仙吉どのが、逆に人殺しの疑いで追われる。しかも、実際は死んでいるので、けっして捕まることはない――というわけです。

しかし、いくつかの矛盾《むじゅん》や疑念が出てきたのです。

まず、首なし死体が仙吉どのではない、と証明する特徴はなにもありませんでした。

考えてみると、仙吉どのが生きているというのは、お満どのの証言だけなのです。

いっぽう、仙吉どのが商売道具の煙草包丁を残していたこと、藤助どのが風呂敷包を提げて長屋から出かけたこと、仙吉どのが消えたあと、お満どのと藤助どのが急に親密になったことなどの事実があります。

さらに、昨日、私はお満どのと道で立ち話をしたのですが、首なし死体が包丁で刺されて死んでいたことを、お満どのは知っていました。うっかり、口を滑らせたのですがね。その場にいた人間でないと、知りえない事実です。

以上のことから、私は、生首と首なし死体は仙吉どのだった。そして、仙吉どのを殺したのはお満どの。死体を処理したのは、お満どのと藤助どの、という結論に達しました。

もちろん、お満どのがあくまで仙吉どのは生きていると言い張るのなら、埋葬した生首を掘りだして対面してもらうことになるでしょうね。けっして気分のよいものではないはずですが」

伊織の謎解《なぞと》きが終わった。

鈴木は煙管の雁首《がんくび》を煙草盆にコンと打ちつけて灰を落としたあと、伝法《でんぽう》な口調で言った。

「辰治、てめえ、十五歳の娘っ子に手玉に取られていちゃあ、世話ぁねえぜ」

「へへ、面目《めんもく》ない次第《しだい》で」

辰治が照れ笑いをする。

鈴木が続けた。

「もっとも、拙者も偉そうなことは言えぬがな。辰治同様、拙者もお満の言葉を信じて、見当違いなことを考えていたわけだ。

おい、藤助、稲荷社の裏でお満と会っていたのは、てめえだな」

急に、鈴木の口調が変わった。

突然、名を呼ばれ、藤助はびくりと身体を震わせ、

「へい、あたくしでございます」

と、おずおずと答えた。

鈴木はお満が言い逃れできないよう、外濠《そとぼり》を埋めていくつもりであろう。

伊織はそばで聞きながら、まずお満を尋問するのではなく、藤助から攻める手順に、鈴木の老獪《ろうかい》さを感じた。

「てめえは、お満に頼まれたのだろうが、最初から話せ」

「へい、あの日、小便をして、総後架《そうこうか》から戻るところでした。路地を歩いていると、仙吉さんのところからお満ちゃんが飛びだしてきました。血相変えていたものですから、あたくしが声をかけたのです。

するとお満ちゃんはあたりを見渡したあと、あたくしの手を取り、

『助けてくれたら、お礼に、させてあげるわよ』

と言いました。それでまあ、お恥ずかしい話ですが」

「別に恥じることはあるまい。女にちんちんかもをさせてもらえるとなれば、頼みを引き受ける男は多いだろうよ」

その鈴木の気さくな評に、藤助も安心したようだ。

ようやく舌がなめらかになってきた。

「へい、それで、中に入ったんですが、仙吉さんが死んでいました。あたくしもさすがに逃げだしそうになりましたが、お満ちゃんが、

『あたしはいやだと言ったんだけど、仙吉さんが恥ずかしいことをしようとして。あたしは脅《おど》しのつもりだったんだけど、仙吉さんがのしかかってきたので、はずみで、こうなったの』

と、涙ながらに言うものですから、あたくしも助けようという気持ちになりまして。

あとは、先生がさきほど言ったとおりで、首だけを持ち去り、仙吉さんが人を殺して逃げたように見せかけたのです」

「てめえの知恵か」

「いえ、お満ちゃんの考えです。もちろん、あたくしもくふうをしましたが」

「ふうむ、てめえもずいぶん、働いたわけだ。それで、肝心のことは、させてもらったのか」

鈴木の口調はなんとも気楽である。

藤助はつられるように、

「へい、二度ばかり」

と答えたあと、赤くなって下を向く。

辰治が茶々を入れた。

「てめえ、二度もできたんなら、本望だろうぜ」

いっぽうのお満は、険《けわ》しい目をして、唇を引き結んでいる。

手に持った煙管の雁首をお満に向け、鈴木が言った。

「さて、いよいよ、てめえだ。岡っ引と奉行所の役人を手玉に取るとは、たいした女狐《めぎつね》だぜ。しかし、もう言い逃れできないのはわかったろう。

てめえ、なぜ、仙吉を殺した」

「殺すつもりはございませんでした。あの日、喧嘩《けんか》になり、あたしは死ぬつもりで、包丁で自分の喉《のど》を突こうとしたのです。すると、仙吉さんが止めようとして、揉《も》みあいになり、気がついたら包丁が仙吉さんの胸に刺さっていました。本当に刺すつもりはなかったのです」

「なぜ、喧嘩になった」

「仙吉さんが浮気をしていたのです」

「浮気と言やぁ、てめえもしているだろうよ。お互いさまじゃねえのか。いわば、痴話《ちわ》喧嘩の果てということだな」

鈴木の評言を聞きながら、伊織はまさにそのとおりであろうと思った。

感情が高ぶり、カッとなり、目についた刃物を手にする……。お満にしても、いまになると、自分がなぜ包丁で仙吉を刺したのか、うまく説明できないに違いない。

また、お満が自殺しようとしたというのも、どこまで本当かわからない。確実なのは、お満が包丁で仙吉の左胸を刺したという事実である。

「殺しそのものは単純だが、その後の偽装《ぎそう》工作はなかなか手がこんでいた。おかげで、拙者も翻弄《ほんろう》されたぞ」

辰治がお満を、忌々しそうにねめつけた。

「てめえが仙吉は生きていると言ったおかげで、こちとらは振りまわされたぜ。子分どもに江戸じゅうの煙草屋を探らせ、とんだ無駄働きをさせてしまった」

お満は謝りもせず、そっぽを向いていた。

辰治にしてみれば、横っ面《つら》を張り飛ばしたい気分であろう。しかし、みなの前でそんなことをするわけにもいかず、辰治は歯ぎしりしていた。

「さて、これまでの話を聞いて、なにか異論のある者はいるか。遠慮なく申し述べてよいぞ」

鈴木が見まわし、発言をうながしたが、誰も声を発する者はなかった。

異論がないのを見極めたうえで、鈴木が宣言した。

「では、これで決着じゃ。

お満と藤助は、このまま自身番に拘留《こうりゅう》せよ。そのうち、町奉行所の手の者が身柄を受け取りにくる。

よいな、くれぐれも逃がすことなどないように」

命じられた阿部川町の町役人は、

「はい、かしこまりました」

と、一礼したが、内心ではおおいに迷惑だと思っているようだった。

続いて鈴木が、稲荷長屋の大家の市郎兵衛に言った。

「さて、これから仙吉の部屋を調べる。そのほうにも、立ち会ってもらうぞ」

「へい、かしこまりました」

市郎兵衛も一礼したが、迷惑と言うより、大家の立場になんとも情けなさそうだった。

二

かつての仙吉の部屋は、入口の腰高障子の上から板が打ちつけられ、封鎖《ふうさ》されていた。

大家の市郎兵衛が住人のひとりを呼んできて、釘《くぎ》を抜かせる。

呼ばれた住人は大工が稼業なのか、道具を使って手際《てぎわ》よく釘を抜き、板を外した。

いつしか、路地には多くの人が集まっていたが、市郎兵衛が、

「おいおい、見世物《みせもの》じゃないぞ。お役人のご検使だ。さあ、行った、行った」

と、追い払った。

しかし、そのうち、また集まってくるであろう。

市郎兵衛が腰高障子を開け、

「どうぞ、お入りください。どことなく黴臭《かびくさ》いですが、閉めきっていたのでしかたがございません。普段であれば空き家は、あたくしが毎日、風通しをしているのですがね」

と、弁解した。

岡っ引の辰治、同心の鈴木順之助、沢村伊織の順で土間に履物《はきもの》を脱ぎ、部屋にあがる。あとに鈴木の供の中間と、伊織の供の助太郎が続く。

中間と助太郎はそれぞれ、市郎兵衛がどこやらから借りてきた鋤《すき》を手にしていた。

市郎兵衛は土間に立ったままだが、これは路地から注《そそ》がれる好奇の視線を、身をもって防ぐつもりであろう。

伊織が部屋の隅に立ち、足でゆさゆさせた。

「ここです。畳が沈みます。昨日、気がついたのですがね」

床下になにかが埋めてあるらしいことは、按摩《あんま》の苫市から寄せられた情報にもとづいている。だが、苫市の名を出すわけにはいかないため、伊織はあくまで昨日、初めて気づいたことにした。

「ほう、どれ」

鈴木が足で畳をゆさゆささせた。

続いて、辰治が足で確かめながら言った。

「こりゃあ、根太《ねだ》に細工をしていやすぜ。

旦那、畳を引っぺがしやしょう。先生が見抜いたように、床下になにか埋まっていそうですぜ」

「だがな、また人間の首が出てくると面倒だぞ」

「首が出てきたら、黙って埋め戻しやしょう。畳を戻して、終わりですよ。しかし、腰から下が出てきたら、どうします？」

「うむ、その場合はじっくり検分しようか。先生もいることだから、勉強になるぞ」

ふたりのやりとりに、土間に立った市郎兵衛はいかにも不安そうだった。

もともと冗談が通じない性格なのだろうが、市郎兵衛はこんな場面で、同心と岡っ引が愉快そうに話をしているのが信じられない気分に違いない。

「まあ、床下に埋まっているのは死体か金と、相場は決まっていますがね」

そう言いながら、辰治が十手《じって》の先端を隙間《すきま》に差しこみ、器用に畳を返していった。

続いて、根太をはがしたあと、畳に四つん這《ば》いになって地面をのぞきこむ。

「土の色がほかと違っているところがありやす。間違いありやせん。なにか、埋まっていますね。

旦那、掘りやしょう」

鈴木がうなずき、

「うむ、よし、頼むぞ」

と、中間と助太郎に言った。

ふたりが、ぽっかりと開いた床下におり、鋤を使って土を掘り返していく。ふたりの呼吸はぴったりだった。

伊織がそばで見ていると、ふたりはおたがい、

「助さん」

「金さん」

と、呼びあっている。

鈴木家の中間の名は金蔵《きんぞう》で、もちろん助太郎より年長である。しかし、ふたりは「助さん」「金さん」と呼びあう仲になっていた。

鈴木の検使のとき、ふたりが何度か顔を合わしているのはたしかだが、いつの間に親しくなったのだろうか。

伊織はちょっと不思議な気がしたが、これこそ助太郎の人徳なのかもしれなかった。

「あっ、なにかあります」

　助太郎が叫んだ。

　地面から取りだした物を、助太郎が両手でささえている。こびりついた土を、金蔵が手ではがしていった。

「なんだ、へのこじゃねえか。旦那、さきほど腰から下と言いやしたが、当たらずとも遠からずですぜ」

　辰治が愉快そうに言った。

　いっぽう、「へのこ」と聞いて、土間に立つ市郎兵衛の顔が引きつっている。文字どおり、陰茎が出土したと思ったのであろう。ということは、第二の殺人事件である。恐怖がこみあげてきているに違いない。

　まず手渡された鈴木は、

「ほう、石の男根か。さすがに重いな。それにしても、そっくりだな」

　と、感心しながらも、どう理解すべきか、戸惑《とまど》っているようだった。

　次に受け取った辰治は、指で各部を露骨に撫《な》でまわしながら、感《かん》に堪《た》えぬように言う。

「立派なものですな。これには、さすがのわっしも、かないませんぜ。う～ん、うらやましい。

しかも、これは石屋の職人が彫ったものじゃありやせんよ。造化《ぞうか》の妙と言うやつでさ。どこかの山の中か、海岸で見つけてきたものですね。

先生、ごらんなさい」

受け取った伊織は、子細にながめた。

成人の男の陰茎よりは、やや大きかった。しかも、重量はくらべものにならないくらい重い。

見れば見るほど、その形は隆々《りゅうりゅう》と勃起した陰茎そっくりだった。根元には、陰嚢《いんのう》を思わせる膨らみも、左右についている。よく見ると亀頭の先端には、鈴口《すずぐち》を思わせる微細《びさい》なくぼみまであるという精妙さだった。

しかも、細工をした痕跡《こんせき》はなく、自然石なのはあきらかだった。まさに辰治が言うように、造化の妙であろう。

「男根に似た石や木を祀《まつ》る、金精神《こんせいじん》のたぐいでしょうかね」

伊織が思いだしながら言った。

吉原の妓楼《ぎろう》では、楼主の居場所を内所《ないしょ》という。内所の、楼主の定位置の背後に縁起棚と呼ばれる棚があり、そこには勃起した陰茎をかたどった金精神が祀られていた。

たいていは張子《はりこ》だが、金精神は妓楼の守り神だった。

楼主夫婦はもちろん、遊女や奉公人一同は毎日、商売繁盛を願って金精神に手を合わせて拝む。

伊織は長崎遊学を終えて江戸に戻ったあと、しばらく吉原内で開業し、しばしば妓楼にも往診したため、内所に金精神が祀られているのを見ていたのだ。

「ほう、金精神と言うのですか。たしかに、芸者置屋などにも、へのこの形をした張りぼてが祀られていますぜ。最初に見たときは、ぎょっとしますがね」

辰治が笑った。

ついに我慢できなくなったのか、土間にいた市郎兵衛があがってきて、遠慮がちにのぞきこんでくる。

「ほう、そっくりですな」

やはり、感心していた。

鈴木は首をひねっている。

「金精神なら、堂々と祀るはず。なぜ、床下に隠すように埋めたのかな」

「旦那、これは千両箱を埋めて隠したのと同じかもしれませんぜ」

「どういうことか」

「とんでもない値打物ってことですよ。千両はおおげさとしても、世間には三百両、いや五百両だしても欲しいという人間はいるはずですぜ。どこかから盗んで、ほとぼりが冷めるまで、埋めて隠したのかもしれやせん」

「石のへのこを、大金を出してまで欲しがる者がいるものか」

「旦那、石のへのこをみくびっちゃいけません。本物のへのこより、はるかに値打ちがありますぜ。

妓楼や芸者置屋、料理屋の主人は欲しがるでしょうな。そのほか、お大名や大身のお旗本、豪商や歌舞伎《かぶき》役者にも好き者はいますからね。金に糸目をつけないから、ぜひ手に入れたいという人間はいますぜ」

伊織は思わず、あっと叫んだ。

声は低かったものの、鈴木が素早く反応する。

「先生、なにか、思いだしたのですか」

「はい、以前、しばらくのあいだですが、私は吉原で開業していました。そのとき、ある妓楼の内所から金精神が盗まれ、楼主が懸命に探しているという噂《うわさ》を聞いた覚えがあります。

ただの張子の金精神なら、それほど騒ぐことはありますまい。それで、もしかしたらと思ったのです」

「吉原の妓楼か」

鈴木はそう言ったきり、あとは無言で考えているようだった。

話が途切れたのを見て、市郎兵衛が身振り手振りで辰治に、自分にも触らせてほしいと願った。

辰治が笑いながら、石の男根を渡してやる。

市郎兵衛は神妙な顔をして、ためつ、すがめつしている。最初はやや照れくさそうだったが、やがて手であちこちを撫でさすっていた。

「親分、あっしです、親分」

若い男が土間に立っていた。

辰治の子分のようである。

「おう、ご苦労」

辰治が上框《あがりかまち》まで出ていく。

子分はなにやら、小声でささやいていた。

報告を聞き終えた辰治が、戻ってきて伊織に言った。

「昨日、ここに押しかけてきたお武家の素性《すじょう》がわかりやしたぜ。遠藤勘兵衛と樋口長次郎《ちょうじろう》、ともに仲御徒町に屋敷のある御家人です。ただし、小普請組《こぶしんぐみ》なので仕事はなにもありません。

ふたりとも、一帯の商家では、悪御家人として有名だそうでしてね。些細《ささい》なことで商家に因縁《いんねん》をつけ、強請《ゆす》り、たかりをしているようですな。

商家のほうも後難《こうなん》を恐れて、奉行所に訴えることはせず、金でカタをつけようとするため、連中はますます図に乗るわけですがね。

御家人とはいえ、あのあたりの鼻つまみと言いますか、疫病神《やくびょうがみ》と言いますか。ろくでもない連中ですよ」

それまで黙っていた鈴木が、おもむろに口を開いた。

「じつは、以前、小耳にはさんだ事件を思いだしたのです。拙者もうろ覚えなので、奉行所で記録を読んで、確かめないといけないのですがね。

ところで、先生はいまも、吉原に知り合いはいますかな」

「妓楼に往診していましたから、楼主や遊女など、何人かは知っています」

「では、ご足労をかけますが、吉原で調べてほしいことがあるのです。拙者や辰治は、吉原では動きにくいですからな。ぜひ、先生にお願いしたいのです」

鈴木が説明し、頭をさげる。

伊織としても、鈴木に懇願《こんがん》されると断りにくい。面倒だなと思いつつも、ひさしぶりで吉原に足を踏み入れるのは、なかば楽しみでもあった。

三

吉原の妓楼は、一日二回の営業で、

昼見世《ひるみせ》　九ツ（正午ころ）～七ツ（午後四時ころ）
夜見世《よみせ》　暮六ツ（日没）～

に分かれていた。

沢村伊織が大門《おおもん》をくぐったのは、四ツ（午前十時ころ）過ぎである。妓楼の昼見世がはじまる前だった。

大門をくぐると、仲《なか》の町《ちょう》と呼ばれる大通りがまっすぐのびている。昨夜、雨が降ったせいか、仲の町はかなりぬかるんでいた。

(これでは、花魁《おいらん》道中は中止だろうな)

伊織はつぶやいた。

いつもはにぎわっている仲の町だが、人出はさほどではない。やはり、吉原見物の最大の目玉である花魁道中がないからであろう。

仲の町の両側には、引手茶屋が軒《のき》を連ねている。

やがて、仲の町の右側に、

町田屋
まちだや

と書いた掛行灯《かけあんどん》が目についた。

引手茶屋はみな二階建てだが、規模は妓楼にくらべるとはるかに小さい。しかし、造りは瀟洒《しょうしゃ》だった。

二階は開放的で、通りから座敷が見通せるほどである。しかも、通りに床几《しょうぎ》を出していた。

伊織は通りに立ち、さりげなくながめる。

「弥吾《やご》どん、野田屋《のだや》はどうなった。きりきり、しなせえよ。

喜平《きへい》どん、それがすんだら、さきほどの件で、角町《すみちょう》へ行っておくれ」

御納戸色《おなんどいろ》の着物に黒七子《くろななこ》の帯を締めた女中頭《じょちゅうがしら》らしき女が、てきぱきと若い者に指図をしている。その声は、まさしくお杉《すぎ》だった。

伊織は思わず頰がゆるむ。

(男を叱《しか》り飛ばしながら、使いこなしているな)

忙《せわ》しげに立ち働きながらも、お杉は油断なく表にも目を配っているのであろう。すぐに気づいたようだった。

「おや、先生、どうしたのです」

お杉のほうから声をかけてきた。

笑いながら、伊織が歩み寄る。

「ひさしぶりだな、元気そうでなによりだ」

「おひさしぶりです。先生こそ、お元気そうで」

お杉の言葉は、途中から涙が混じっている。

伊織が吉原で開業していたとき、お杉は住みこみの下女として奉公していた。吉原を出るに際し、伊織はお杉についてくるよう頼んだ。しかし、けっきょくお杉は吉原に戻った。

すでに五十を過ぎているお杉は、人生のほとんどを吉原で過ごしてきた。「死ぬときは、吉原で死にたい」というのが、お杉の願いだったのだ。

「おいおい、涙はおおげさだぞ。ここに座っていいかな」

伊織は、毛氈《もうせん》を敷いた床几に腰をおろした。

「お亀《かめ》どん、お茶をよ」

お杉は女中に声をかけながら、伊織の横に腰をおろす。

すぐに、女中が床几に茶を持参した。

「邪魔をしては悪いから、手短に言う。半年ほど前、妓楼から石でできた金精神《こんせいじん》が盗まれる事件がなかったか」

「そういえば、小耳にはさんだ気がしますが、あたしもくわしいことは知りません。どうして、そんなことを知りたいのですか」

「あるところに、それらしき物がある。もし、盗まれた物なら、もとの持主《もちぬし》に返してやりたい」

「いろいろと、わけがありそうですね」

「けっして、迷惑はかけない」

「先生のことは信用していますから。そうですね……。ちょいと、お待ちください。旦那さまに相談してみましょう」

お杉がいったん、店の奥に引っこんだ。

しばらくして戻ってくるや、言った。

「旦那さまがお会いになるそうです。どうぞ、おあがりください」

突然、訪ねてきて、すぐに面会が実現するのは、やはりお杉が町田屋の主人に信頼されていることの表れであろう。

＊

町田屋伝左衛門《でんざえもん》は、長火鉢を前にしていた。

上田縞《うえだじま》の羽織《はおり》姿で、四十代のなかばくらいだろうか。鼻筋の通った顔立ちなのだが、薄あばたがあった。

「主《あるじ》の、伝左衛門です。

先生のお噂は、かねがね聞き及んでおりました。いざというときは、あたくしも先生に診《み》ていただこうと思っておったのですが、吉原をお出になったと知って、落胆したものです」

「畏《おそ》れ入ります。いまは、下谷七軒町で開業しております」

「さようですか。

ところで、お尋ねの件ですが、町奉行所のお役人の意向があるのでしょうか」

伝左衛門は煙管をもてあそびながら、さりげなく確かめる。

やはり、町奉行所の役人の介入を警戒していた。

伊織は正直に答える。

「お役人の意を受けているのは、たしかです。しかし、吉原の人々を巻きこまないのを条件に、引き受けました。また、『ここだけの話にしてほしい』ということであれば、私の胸にとどめ、お役人には告げません」

「さようですか。先生のお人柄については、お杉からもうかがっております。では、あたくしが知っているかぎりを、お話ししましょう。

ご承知のように、あたくしども引手茶屋は妓楼に客人を案内するので、関係は密接なのです。

江戸町《えどちょう》二丁目に、中屋《なかや》という妓楼があります。主人の名は孫右衛門《まごえもん》。

妓楼は金精神という、へのこの形を模《も》した張子を祀っていますが、中屋は石でできた金精神を祀っていました。中屋の、先代の楼主が入手したと聞いております。いまの楼主の孫右衛門さんは婿《むこ》養子なので、養父にあたる人ですな。

なんでも、飛驒《ひだ》の山奥の谷川で猟師《りょうし》が見つけたそうで、いろんな人の手を経て、江戸に伝わり、たまたま先代の目に留まったわけです。

先代は風流人だったようで、気に入って、大金を出して買い取り、中屋の内所の縁起棚に祀ったのです。

孫右衛門さんが楼主になってからも、そのまま縁起棚に祀られていました。さほど気にすることもなく、まあ、普通に拝礼していたのでしょうね。

孫右衛門さんは俳句《はいく》に凝《こ》っています。

あるとき、俳友のひとりが内所で孫右衛門さんと話をしていて、ふと、縁起棚の金精神に気づいたのです。

『これは珍しい。奇物ですな』

というわけで、次の句会のとき、石の金精神を披露したのです。

これがきっかけで、江戸じゅうに噂が広がりましてね。もちろん、江戸じゅうと言いましても、江戸の好き者や風流人のあいだ、と言う意味ですがね。

この噂がどこやらから伝わったのか、ある豪商が、

『譲《ゆず》ってほしい。金に糸目はつけない』

と、代理人を通じて申し入れてきたのです。

暗に、五百両までなら出す用意があると言っていたとか。

ところが、孫右衛門さんは、

『父から伝わった物でございます。あたくしの代で手放しては、親不孝になります』

と、きっぱり断りました。

これがきっかけで、中屋の金精神は有名になったのです。つまり、大金になるとして有名になったのです。

その後も、金精神は縁起棚に祀られていたわけですが、考えてみると不用心ですな。五百両の値打物を、縁起棚の上に載せていたのですからね。

かといって、蔵の中にしまいこめば、拝礼はできませんからな。

そして、ある朝、縁起棚から金精神が消えていました。盗まれたのです」

「中屋はどうしたのですか」

「普通に考えると、泊まって、朝帰りをした客人がもっとも怪しいですな。孫右衛門さんは、見世の遊女や若い者に事情を聞き取りました。すると、ふたり連れの初会の客人が疑わしいのです。

ふたりとも、明六ツ前に帰ったのですがね。若い者が履物をそろえるためかがんだとき、ひとりの客人の袖《そで》が肩にあたったのです。袖の中に硬い物が入っているのに気づき、妙だなと思ったというのです」

「袖の中に金精神を隠していたのかもしれませんね。そのふたりを追ったのですか」

「初会でしたし、名前も住まいもでたらめでした。ただし、相方の遊女が、

『客人の着物は、葉煙草の匂《にお》いがしいしたよ』

と言いましてね」

伊織は内心、あっと叫んだ。ここで、ちんこきりの仙吉が浮上してくるではないか。内心の興奮を抑え、相手の話をうながす。

「ほう、それは手がかりになりますね」

「それを聞いて、孫右衛門さんは客人が煙草屋の奉公人に違いないと睨《にら》みました。年齢からすると手代くらいでしょうか。そこで、見世の若い者に命じて、江戸の煙草屋をいろいろと見張らせたそうです。

けっきょく、わかりませんでした。そして、今日に至っておるわけです。

いまになって先生が、いや、お奉行所が、なぜ中屋から盗まれた金精神に乗りだしてきたのでございますか」

「浅草阿部川町の裏長屋に住む、仙吉という、ちんこきりの職人が殺されました。その死体に不審があるというので、私が呼ばれて検死をしたのですが、痴話喧嘩のあげく女に刃物で刺し殺されたことがわかりました。

仙吉が殺された件は決着したのですが、その部屋から石でできた金精神が見つかったのです。しかも、金精神を狙っている連中がいるようなのです。おそらく、金目当てだと思いますが。

そんなわけで、こみいっているものですから、まずは発端《ほったん》をあきらかにして、すっきりさせようと思い、金精神のそもそもの出所である吉原にやってきたのです」

「そうでしたか」

伝左衛門は煙管をくゆらせながら、しばらく考えていた。

てきぱきと若い者や女中に指示する、お杉の声が聞こえてくる。台所からは、煮魚の香りが漂ってきた。

「見つかった金精神はいま、どこにあるのですか」

「殺された仙吉が住んでいた長屋の床下から見つかったのですが、検使の役人が押収すると、あとあと面倒です。町奉行所におさまることになりますからね」

「そうですな」

「そこで、長屋の大家があずかるという案があったのです。ところが、下手《へた》をすると巻きこまれかねないと見て、大家が固辞《こじ》しましてね。

そこで、私があずかることにしました。これは、お役人も同意しております。すべてが解決すれば、私としては本来の持主に返すべきだと思っています」

「なるほど、先生から中屋に返す形であれば、孫右衛門さんもお奉行所に出頭する面倒は省《はぶ》けますな。ぜひ、そうしてください」

「ただし、まだ、中屋には話さないほうがよいと思います。今後、どう転ぶかわからない面もありますので」

「そうですな、孫右衛門さんに期待をさせておいて、あとでがっかりさせるのはよくないですな。わかりました。当面は、あたくしの胸にとどめておきましょう」

伝左衛門がうなずいた。

＊

町田屋を辞去したあと、伊織はふと、

（そうだ、揚屋町《あげやまち》の長屋はどうなったかな）

と、思った。

せっかくここまで来たのだから、立ち寄ってみることにした。

仲の町から、大きな木戸門をくぐって揚屋町の通りに入った。

通りの両側には各種の商家や料理屋などが建ち並び、江戸の町屋と変わらない。

揚屋町は吉原の区画のなかで、商業・住居地区だった。

ところどころ、商家と商家のあいだに小さな木戸門があり、奥に路地が入っていく。路地の両側には裏長屋が続いていた。

（ここだったたな）

伊織は木戸門をくぐり、路地を奥に進んだ。

この長屋に、伊織は下女のお杉と住んでいたのだ。住みこみの弟子《でし》がいた時期もある。

路地に足を踏み入れ、伊織は異臭《いしゅう》が漂っているのに気づいた。生活臭と言ってもよかろう。

あちこちで煮炊きをする匂いに、総後架とゴミ捨て場の臭《にお》いがまじっている。

この長屋に住んでいたとき、伊織はさほど気にならなかった。慣れていたのであろう。

ところがいま、伊織は広い武家屋敷の敷地内に住んでいた。いつしか、裏長屋の生活臭とは無縁になっていたのだ。

（たしか、ここだ）

かつて住んでいた部屋の入口の腰高障子には、鏡の絵が描かれていた。おそらく、鏡を研《と》ぐ職人の作業場兼住居になっているのであろう。

路地を歩いていると、

「おや、先生」

と、声をかけられた。

魚の行商人の女房の、お勝《かつ》だった。手桶《ておけ》をさげている。共同の井戸で水を汲《く》んでの帰りらしい。

すぐに、腹部が大きいのに気づいた。

「ほう、赤ん坊ができたのか」

「へい、そうなんですよ」

「それはめでたい」

「でもね、だんだん身体が重くなってくるのには、困りますよ。早く生んで、すっきりしたいですね。

ところで、今日はどうしたのです。往診ですか」

「いや、ちと用事があって、仲の町まで来たので、ついなつかしくて、長屋をながめに来た」

「先生が住んでいたところには、いまは鏡を研ぐ職人が住んでいますよ」

「そのようだな」

その後、しばらく立ち話をして、伊織は長屋をあとにした。

＊

揚屋町から仲の町に戻り、伊織は蕎麦屋《そばや》の前で足を止めた。

店先の置行灯には、

二八そば　うんどん
御膳《ごぜん》　手打蕎麦

と書かれている。

（蕎麦でも食っていくかな）

これから、下谷七軒町まで歩いて帰らねばならない。ひさしぶりで、吉原で蕎麦を食べるのもよかろう。

「へへ、先生、これから蕎麦をお召しあがりで？」

聞き覚えのある声に振り返ると、幇間《ほうかん》の信八《しんぱち》だった。

黒八丈《くろはちじょう》の羽織を粋に着こなし、下駄《げた》履きである。

吉原で開業していたころ、信八の女房の肛門の横に厄介な腫物《はれもの》ができたのを、伊織が切開手術をして膿《うみ》を出し、快癒《かいゆ》させた。それ以来の付き合いである。

「おう、そなたか、ひさしぶりだな。これから帰るところだが、その前に腹ごしらえをしようと思ってな」

「へへ、そう言うことなら、あたしがお供をいたしやしょう」

信八が揉み手をした。

要するに、おごってくれということである。

暖簾《のれん》をくぐって中に入ると、土間に床几が並び、奥は座敷になっていた。伊織と信八は、並んで床几に腰をおろす。

「あたしは天麩羅蕎麦《てんぷらそば》にしますが、先生はどうします。芝海老《しばえび》の天麩羅が載っていますが、なかなかいけますすよ」

「じゃあ、天麩羅蕎麦にしようか」

「あたしは、ちょいと酒もいただきたいなと」

「うむ、頼むがいい。ただし、私は呑《の》まぬぞ」

「さようですか。あたくしひとりですので、とはいえ、まあ一合ってわけにもいきませんので、小半《こなから》ばかり」

「うむ、好きなだけ、頼むがいいさ」

伊織も認めざるを得ない。

まさに幇間のずうずうしさだった。

かけ蕎麦が十六文なのに対し、天麩羅蕎麦は三十二文である。酒は一合が四十文だった。小半は二合五勺《ごしゃく》の意で、一升《しょう》の四分の一である。

しばらく近況などを尋ねあう。

酒を入れたちろりと、湯呑茶碗《ゆのみぢゃわん》が運ばれてきた。信八が酒をひと口呑んだところで、伊織が話題を向けた。

「江戸町二丁目の中屋で、石の金精神が盗まれたそうだな」

「そうなんですよ。ひところ、宴席ではその話でもちきりでしたよ」

伊織は、噂が広がっていった過程が理解できる気がした。

信八が探るように言った。

「どうして、先生がそんなことをご存じで」

「以前、私のもとで奉公していたお杉が、いま町田屋という引手茶屋で女中頭をしている。さきほど、町田屋を訪ねてみた。主人の伝左衛門どのと四方山話《よもやまばなし》をしたが、そのときに、聞いた」

「へえ、へえ、なるほど。町田屋でお聞きになったのですか。

あたしは中屋にも出入りしておりますから、内情にはくわしいですよ。たんなる物好きの盗みではありませんね」

「ほう、どういうことか」

「盗まれて、だいぶ経ってから、お武家が中屋を訪ねてきて、孫右衛門さんに面会し、こう言ったそうです。

『金精神のありかを知っている。大名屋敷などに買い取られると、秘蔵され、もう戻らない。いまなら、取り戻せる。拙者が取り戻してやってもよいが、いくらで買い取ってくれるか』

なんとも怪しい話でしてね。もしかしたら、そのお武家こそ、盗みの張本人かもしれません。孫右衛門さんは断ったそうですがね」

「ほう、武士がかかわっているのか」

「仲御徒町あたりに巣くう、悪御家人の一味ではないかというのが、もっぱらの噂ですがね。なんでも、ダカツ組とかいうらしいですが」

「ダカツ……、おそらく、蛇蝎だろうな。ダはへび、カツはさそりだ。

蛇蝎は、人が恐れ、嫌うものの喩《たと》えで、『蛇蝎のごとく嫌う』という言い方がある」

伊織が漢字を説明した。

蛇蝎組は悪御家人の集団なのだろうか。それにしても、蛇蝎という熟語を用いている。一味のなかには、それなりに教養のある者もいるようだ。

信八は感心している。

「蛇蝎はへびとさそりですか。ふむふむ、ダがへび、カツがさそり。ところで、さそりとは、どんな生き物ですか」

「わが国にはいない。だから、私も実際に見たことはないが、絵によると、海老のような格好をしている。ただし、陸《おか》に住んでいる。尻尾《しっぽ》に毒針があり、刺されると命が危ないそうだ」

「へえ、へえ、なるほど。尻尾に毒針があるのは、蜂《はち》に似ていますな。

盗んだ者がわかれば、中屋孫右衛門さんは吉原のやくざ者を使って取り戻すことも考えていたかもしれません。それなりに金を出せば、なんでもする連中がいますからな。

しかし、相手が蛇蝎のようなお武家では、もう手は出せません。まあ、あきらめるしかないでしょうね」

「そうだろうな。では、そろそろ出ようか」

伊織がまとめて金を払った。

信八は恐縮するどころか、ごく当然という顔をしている。

＊

伊織の顔を見るや、下女のお末が言った。

「お帰りなさいませ。

先生がお出かけになるのと入れ違いに、往診を頼みにきた人がいましたよ。

『仲御徒町の、西原孝四郎《にしはらこうしろう》の屋敷からまいりました。先生に、往診をお願いします』

とのことでしたがね」

仲御徒町と聞いて、伊織は胸騒ぎがした。

たんなる偶然なのだろうか、それとも蛇蝎組が背後にいるのだろうか。

稲荷長屋の騒動以来、御家人の遠藤勘兵衛と樋口長次郎が伊織に遺恨《いこん》をいだいているのはたしかであろう。手をまわして稲荷長屋の住人に尋ねれば、伊織の住まいも簡単に知れるはずだった。

「ほう、武家屋敷からか」

「いつごろ戻るのか、どこに行ったのかと、しつこく聞いてきましたよ。あたしは、いっさいわからない、と答えたのですがね」

伊織が眉《まゆ》をひそめているのを見て、お末の亭主《ていしゅ》の虎吉が言った。

「往診を頼みにきた男は、看板法被《かんばんはっぴ》を着て、腰に木刀を差し、いかにもお武家屋敷の中間というういでたちでしたが、ちょいと妙でしたな」

「どういうことか」

「お武家が、中間をよそおっていたのじゃないですかね。ちょいとした言葉遣《づか》いに、中間とは思えないところがありました。

それと、手ぬぐいで頬被りをしていたのですが、勘ぐると、お武家風の髷《まげ》を隠していたのかもしれません」

「なるほど、そのほうの眼力はなかなかのものだぞ」

「とんでもないです。あっしは足が利かないので、その分、目が達者になるのかもしれません」

虎吉の観察を聞きながら、伊織はひしひしと危機が迫っているのを感じた。

往診を頼みにきたのは、伊織を誘いだす計画だったのだろうか。

いま、石の金精神は二階の薬簞笥《くすりだんす》に隠してある。

金精神をあずかったのは、もしかしたら軽率だったのかもしれない。

伊織の住む家は武家屋敷の中だけに、夜中に強盗が押し入ってくるのは考えにくいが、用心するに越したことはあるまい。

いつしか、部屋の中が暗くなっている。

お末が、行灯の用意をはじめた。

四

助太郎の手習いと、咸姫への『解体新書』の講義を並行しておこなっている最中だった。

入口から入ってきた男は土間に立ち、応対に出た下女のお末に言った。

「診察をお願いしたいのだが」

その声は講義中の沢村伊織にも聞こえたので、反射的に視線を向ける。

結城紬《ゆうきつむぎ》の羽織を着た、恰幅《かっぷく》のよい四十前後の男だった。商家の主人のようである。

背後に、花色木綿の着物を着て、首に風呂敷包をかついだ男がいる。着物の裾《すそ》は尻《しり》っ端折《ぱしょ》りしていた。供の下男のようだ。

（おや、あの顔は）

伊織の視線は、商人の顔に釘づけになった。他人の空似だろうか。

助太郎は振り返るや、すぐに気づいて叫んだ。

「おや、金さん」

いつもの看板法被は着ていないが、中間の金蔵に違いなかった。

ということは、やはり商人風の男は、同心の鈴木順之助ということになる。

「鈴木さまではないですか。どうされたのです」

伊織が立ちあがろうとするのを見て、鈴木が手で制した。

「そのまま、そのまま、続けてくだされ。

あがってよいですかな」

「もちろん、おあがりください」

「では、あがらせてもらいます。そのまま、お続けください。

邪魔にならないよう、ここで聞かせていただきます」

鈴木は部屋の隅に、小さくなって座った。

いっぽう、中間の金蔵は上框に腰をおろしている。

鈴木は商人に変装し、伊織を訪ねてきたことになろう。緊急事態なのであろうか。伊織は気が気でなかったが、鈴木が講義を続けるよううながしているため、そのまま続行せざるをえない。

しかし、助太郎は気になってしかたがないのか、鈴木や金蔵のほうをちらちらと見ている。

いっぽう、咸姫はそばに鈴木が座っていても、いささかも動揺した様子はない。

(さすが、旗本の娘だな)

伊織は感心した。また、咸姫の平静さを見ているうち、自分も落ち着きを取り戻した。

『解体新書』の解説を続ける。

解体家の重んずる所の者に四つあり。

その一　肢体を知るにあり。

その二　内景を知るにあり。

その三　病《やまい》と死との因《よ》る所を知るにあり。
その四　その体の腐朽《ふきゅう》するに至るを歴視し、而《しか》る後にその全を知るにあり。

＊

講義が終わると、咸姫は両手を畳に着き、

「ありがとう存じました」

と、いつもどおりの辞儀をする。

続いて、かたわらに座っている鈴木に軽く会釈《えしゃく》した。

そして、今日はいつものように助太郎と雑談することもなく、供の女中とすみやかに去る。師匠に来客なのを知り、遠慮しているのであろう。

いっぽうの助太郎は、咸姫と同様に辞儀をしたものの、鈴木と金蔵の到来を知っては、このまま去りがたい気分のようだ。なんとなく、もじもじしている。

「なかなかおもしろかったですぞ。拙者も若ければ、最初から講義を受けたかったですな」

鈴木が『解体新書』の講義を評した。

役目柄、死体に接することが多いだけに、若いころにきちんと人体の構造について学びたかったというのは、本音《ほんね》かもしれない。

「なにか、お話ですか」

「さよう、ちと相談したい儀があるのですが」

鈴木はさりげなく室内を見まわしている。

伊織は相手の意図を察し、

「二階ではどうでしょうか。せまい場所ですが」

と、場所を変えることを提案した。

「けっこうですな」

「お末、二階に、茶と煙草盆を頼むぞ」

土間からあがった部屋の右手に、二階に通じる急勾配《きゅうこうばい》の階段がある。二階には六畳の部屋がふたつあった。

伊織が先に立って、階段をのぼる。

まだ、ぐずぐずと居残っている助太郎は、とうとう金蔵のそばに座りこんでいた。

二階には薬簞笥が置かれ、引き出しには各種の薬草がおさめられている。

部屋の片隅には薬箱が置かれ、そばに薬種をすりつぶす薬研《やげん》や、焼酎《しょうちゅう》から消毒用のアルコールを抽出する蘭引《らんびき》、顕微鏡も整理されていた。

さらに、伊織がかつて大槻玄沢が主宰《しゅさい》する芝蘭堂で学んでいたころや、その後、長崎にシーボルトが開設した鳴滝塾で学んでいたころの帳面なども、本箱にきれいに並べられていた。

「岡っ引の辰治から、先生の家は見張られているようだと知らされましてね。外出のときも、尾行《びこう》されているかもしれませんぞ。用心されたほうがよろしい」

鈴木は煙管で一服したあと、おもむろに言った。

伊織は、えっ、と低く叫んだ。

自分が迂闊《うかつ》だったのを思い知らされる。もしかしたら、昨日の吉原行きも尾行されていたかもしれなかった。

「そうだったのですか。気づきませんでした」

「自身番や、そのほかの場所で会うことも考えたのですが、もし先生が尾行されていたら、拙者と面談したことが知れてしまいます。

また、拙者が『八丁堀の旦那』の格好でここを訪ねると、やはり知れてしまいます。

そこで、さも蘭方医に診察や治療を受けにきた商人をよそおったわけです。金蔵は供の下男という趣向です。まあ、敵の目を欺《あざむ》くためとはいえ、芝居《しばい》がかっていますがね。

ところで、吉原でなにかわかりましたか」

「やはり変装でしたか。最初は戸惑いましたが。

吉原で調べたところ、あの石の金精神が、江戸町二丁目の中屋という妓楼から盗まれたのは間違いないようです」

伊織が、引手茶屋の町田屋伝左衛門や、幇間の信八から聞き取ったことを話した。

じっと聞き入っていた鈴木が、うなずきながら言った。

「やはり、蛇蝎組の影がちらついておりましたか。

じつは、蛇蝎組の悪行については、町奉行所も以前から把握《はあく》していました。連中があちこちで強請り、たかりを繰り返し、良民を苦しめているのはおおよそ、知っていました。

『では、なぜ、放置していたのか』と、言いたいでしょうな。

その批判も、もっともです。不甲斐《ふがい》ないという批判も、甘んじて受けなければならない面があるのは、たしかですな。

しかし、我々町方《まちかた》の役人は、武士、とくに幕臣には簡単に手を出せないのです。いろんな手かせ、足かせがありましてな。

町奉行所も、けっして蛇蝎組を見て見ぬふりをするつもりではないのですが、肝心の被害者である町人たちがみな口をつぐんでいるので、我らも動けなかったのです。

町人たちが訴えないのは、町奉行所が信頼されていない証拠、とも言えましょうな。拙者としては、忸怩《じくじ》たるものがありますが。

蛇蝎組ののさばりは、もはや、このままにはしておけませぬ。そこに、ちょうどこの金精神です。

まさに、奇貨《きか》居《お》くべし。

この金精神を利用して、連中を一網打尽《いちもうだじん》にしようと思いましてな。南町奉行の筒井《つつい》和泉守《いずみのかみ》さまの内諾《ないだく》もすでに得ております。

つまり、南町奉行所の総力をあげて、蛇蝎組を退治するということです」

「蛇蝎組を一掃するのは、世のため人のためになることでしょう。しかし、金精神とどう結びつくのか、私にはわかりかねるのですが」

階段をのぼってくる足音がして、お末が盆を手にして現れた。

「鈴木さまにいただいた、饅頭《まんじゅう》です」

お末が、ふたりのあいだに盆を置いた。

金蔵がかついでいた風呂敷包の中身は、途中で買った饅頭だったのだ。

「これは、お気遣いいただき、恐縮です」

「饅頭でも食いながら、話をしようと思いましてな。

饅頭にも、大手饅頭、花饅頭、蕎麦饅頭、朧《おぼろ》饅頭などと、いろいろあるようですが、拙者には違いがわかりませんでな。金蔵の言うところでは、これは米《よね》饅頭というそうです」

さっそく、ふたりは饅頭を手にする。

饅頭を食べ、茶を飲み終えたところで、鈴木が話を再開した。

「先日、先生と大家の市郎兵衛が、死んだ仙吉の部屋を検分しているところに、武士ふたりが押し入ってきたのでしたな。

そのことを受け、翌日、畳をはがして床下を掘ったところ、石の金精神が出てきたわけです。

また、岡っ引の辰治の子分が、ふたりの武士の身元は、仲御徒町に住む悪御家人の遠藤勘兵衛と樋口長次郎だと調べてきました。

拙者は頭の中で、なにかが結びつくような気がしましてね。まだ、はっきりとはしなかったのですが、金精神を中心に据えると、いろいろと見えてくるのではないかと思ったのです。

そこで、奉行所で記録を調べ、同輩の同心にも話を聞いたのです。その結果、次のことが判明しました。

ちんこきりの仙吉が部屋で、お満に刺し殺された日の、ちょうど五日前。豊島町《としまちょう》の裏長屋で、左五平《さごへい》という、ちんこきりの職人が惨殺《ざんさつ》されたのです。しかも室内は荒らされ、畳をあげて床下を探した形跡もあったようですな。

拙者の管轄《かんかつ》ではないので、実際に検分したわけではありませんが、検使をおこなった同心が詳細な取り調べをおこなっておりました。

その取り調べ書を熟読しましてね。

なんと、仙吉も取り調べを受けていたのです」

「仙吉に、左五平殺しの疑いがあったのですか」

伊織が驚いて言った。

鈴木は煙管で一服する。

「そうではありません。仙吉と左五平は親しかったのです。それで、事情を尋ねたようですね。

長屋の住人の話から、数人の男が押し入り、左五平を殺したと思われます。口に手ぬぐいを押しこまれていたそうで、声を立てないようにしたのでしょうな。身体に拷問《ごうもん》の跡があったそうで、『隠し場所を指で示せ』と耳元でささやきながら、痛めつけたのでしょうな。

おそらく、白状する前に命が絶えたのでしょう。

こうした悪事に慣れた連中の手口ですな。ただし、ちょいとやりすぎたわけですが。

同心がいろいろ調べていくと、おもしろいことがわかってきましてね。

左五平は殺される前、あちこちの金のありそうな風流人と見るや、

『世にも珍しい、へのこ石があります。買いませんか』

と、声をかけていたというのです。

もちろん、同心は仙吉に、その石について尋ねました。ところが、仙吉はなにも知らないと答えたそうですがね。

それと、深夜だったにもかかわらず、長屋の住人のひとりが、左五平を殺した連中が長屋から出ていくところを、物陰《ものかげ》から見ていました。

そして、見覚えのある人間がいたというのです。

聞いてみると、仲御徒町に住む、西原孝四郎という御家人でした。

これで、蛇蝎組の影が見えてきたのです」

伊織は内心、うなった。

なんと、西原孝四郎は、伊織に往診を求めてきた男だった。

それにしても、やはり町奉行所の探索能力は並々ならぬものがあった。組織力と言ってもよかろう。

伊織は、自分ひとりでは、どんなに奔走《ほんそう》しても、とうていかなわないと痛感した。

鈴木が話を続ける。

「これまでわかったことを整理して、述べていきます。なにか矛盾があれば、指摘してくだされ。

先生が吉原で調べてきたことを踏まえ、中屋の内所の縁起棚に祀られていた金精神を盗んだのは、ちんこきり職人の左五平と仙吉でしょうな。どこかで噂を聞きこみ、五百両の値打があると知って、盗んだのです。

盗みは簡単だったでしょうな。縁起棚の上に置かれ、なんの警戒もなされていませんでした。しかも、小判《こばん》が五百枚だと、重さは十斤《きん》（約六キロ）以上になるでしょうが、金精神は着物の袖に隠せました。

ふたりは、してやったりという気分だったでしょうな。まんまと、五百両を盗みだしたつもりだったのですから。

とりあえず、稲荷長屋の仙吉の部屋の床下に隠したのです」

伊織は、按摩の苫市の言葉を思いだした。

ふたりが金精神を埋めるまさにその様子を、苫市の聴覚は聞き取ったのだ。ただし、苫市の名は出さない約束なので、伊織は黙って聞き入る。

「ところが、左五平と仙吉には大きな誤算がありました。

大名や豪商のなかには興味を示し、五百両を出しても惜《お》しくないと思う人がいるかもしれませんが、ちんこきり職人のふたりには、そんな高貴で富裕な人々には縁がありません。

ふたりが金精神を質屋や古道具屋に持ちこんでも、五百両など一笑《いっしょう》に付《ふ》されるだけでしょう。先方がつける値は、せいぜい五両、へたをすれば五百文で買いたたかれるのが落ちでしょうな。

ああいう珍奇な物は、それなりの身分の人間が、それなりの身分の人間のもとに持ちこんでこそ、信用され、値打がつくのです。さもないと、二束三文のただの石ころです。

焦った左五平は、金のありそうな風流人と見るや、手あたりしだいに声をかけました。そして、これが蛇蝎組の耳に入ったのです。

蛇蝎組のなかの誰かが吉原で遊び、聞きこんだのでしょうな。金精神が吉原の中屋から盗まれたことを突き止め、うまくいけば大金になるのを知ったのです。

連中は夜、左五平を襲いましたが、金精神の隠し場所を白状しないまま死にました。連中は家探しをし、床下まで探したのですが、見つかりません。

そこで、次に目を向けたのが、相棒の仙吉です。

いっぽう、左五平の無惨な死を知って、仙吉は恐怖に襲われました。おそらく、逃げだすつもりだったのでしょう。

お満は、岡っ引の辰治に、仙吉が『急に上方に行くことになった。これでお別れだ』と言ったと述べていましたが、本当だったのです。ただし、場所は違っていました。仙吉がお満に別れを告げたのは稲荷社の裏ではなく、長屋の部屋だったわけですがね。

そして、別れ話がこじれて、お満は仙吉を包丁で刺し殺してしまったわけです。お満は日頃、男にちやほやされるのに慣れていました。男から別れ話を切りだされ、侮辱《ぶじょく》された気がして、逆上したのかもしれませんな。

その後、蛇蝎組の連中は仙吉の住まいを突き止めましたが、殺されたと知りました。しかも、首が持ち去られているというではありませんか。

連中は、仙吉の死に半信半疑で、稲荷長屋を見張っていたのです。

すると、先生と大家の市郎兵衛が、仙吉の部屋でなにやら調べている様子。てっきり金精神を探していると思い、遠藤勘兵衛と樋口長次郎が押しこんできたわけですな。

その結果、遠藤と樋口は、先生と助太郎に、さんざんに打ちのめされたわけですが。

あとは、先日、先生が解き明かしたとおりだと思いますぞ」

「見事です。まったく矛盾はありません」

伊織は心底、鈴木に感心した。

一見、茫洋《ぼうよう》としていながら、鋭利な推理力である。

それにしても、そもそものはじまりは生首だったことを思いだし、伊織がしみじみと言った。

「すると、今回の一連の事件のすべての発端は、金精神だったのですね。お満が仙吉を殺し、なまじ小細工を弄したため、生首が出現し、謎が生じたということでしょうか」

「さよう、そのとおりです。金精神がすべての発端だったのです。石のへのこのために、左五平が死に、その流れで仙吉も死んだと言えましょう。このままにしておくと、もっと死人が出るかもしれませんな。

ですから、金精神で幕引きをしようと思いましてね。金精神による大団円と言ってもよいかもしれません。

これは、お奉行の筒井和泉守さまの指示でもありましてね」

言い終えると、鈴木が煙管の雁首に、刻み煙草を詰めはじめた。

階下から、笑い声が聞こえてくる。お末、虎吉、金蔵に加え、助太郎もいるようだ。

手習いを終えた助太郎は、まだ居残っていることになろう。鈴木の登場に、助太郎は次なる冒険への期待に、胸を膨らませているに違いない。

鈴木が口調をあらためた。

「先生に、吉原の中屋と取引をしていただきたいのです。正直に言いましょう、先生に囮《おとり》になっていただきたいのです。

もちろん、我らで万全の準備をし、先生には露《つゆ》ほども危険が及ばないようにします」

伊織は囮という言葉に、さすがに心穏やかならぬものがあった。

しかし、ここまでかかわった以上、最後まで見届けたいという気持ちもある。断る前に、まずは詳細《しょうさい》を聞くべきであろう。

「囮とは、なにをするのですか」

「これから、くわしくお話ししますが、まず、状況を述べておきましょう。

じつは、蛇蝎組のひとりを、寝返らせることに成功しましてね。いっさい罪は問わないと約束して、我らの間諜《かんちょう》になることを了承させたのです。これにより、いよいよ蛇蝎組壊滅《かいめつ》作戦がはじまったのです」

鈴木は淡々と言った。

自分の功についてはなにも触れない。

しかし、おそらく蛇蝎組のひとりをひそかに拉致《らち》し、鈴木が因果《いんが》を含めたのであろう。そして最終的に、免責《めんせき》と引き換えに、町奉行所の間諜になることを引き受けさせたのだ。

伊織は、鈴木の辣腕《らつわん》に舌を巻いた。

鈴木が説明していく。

「筋書きはこうです――。

京都《きょうと》・島原遊廓《しまばらゆうかく》の妓楼・一文字屋《いちもんじや》の楼主は、石の金精神の存在を知り、ぜひとも入手したいと思った。

そこで、遠縁にあたる吉原・角町の妓楼・加賀屋《かがや》の楼主に、上限七百両の条件で、手に入れるよう依頼した。これを受け、加賀屋では中屋から奪われた金精神の行方をひそかに追っていた。

いっぽう、浅草阿部川町の長屋の床下から金精神を発見した、蘭方医の沢村伊織と岡っ引の辰治は、ふたりで組んで金儲《かねもう》けをたくらんだ。

吉原の加賀屋と伊織のあいだで、内密の交渉《こうしょう》がおこなわれた。伊織はかつて吉原で開業していたため、加賀屋の楼主と面識があった。

交渉の末、加賀屋が五百両で金精神を買い取ることが決まった。もちろん、島原の一文字屋には七百両で妥結《だけつ》したと伝え、二百両は加賀屋が着服するつもりであろう。

金精神と五百両は引き換えだが、場所をどこにするか。

加賀屋としては、同業者である中屋を裏切ることになるだけに、吉原以外の場所で、秘密裏におこないたい。

そこで、選ばれたのが、坂本村の荒れた稲荷社。

——というわけです」

「なるほどとは思うのですが、かなり複雑で、こみいっていますね」

「複雑で、こみいっているほど、もっともらしいのです。しかも、島原遊廓の妓楼となれば、蛇蝎組の連中も簡単には調べられませんからな。

また、同業の中屋の手前、加賀屋が取引を秘密にせざるをえないのだという状況も、説得力があるはずです。連中が加賀屋を探っても、なにもわからないわけですから」

「この筋書きを、蛇蝎組に流したのですか」

「さよう、間諜を通じて、統領株《とうりょうかぶ》の西原孝四郎に流したのです。かならず、乗ってくるはずです」

「取引場所に現れるということですか」

「さよう。連中にしてみれば、取引場所を襲えば、七百両の価値のある金精神と、五百両の金を一度に強奪《ごうだつ》できます。合わせて千二百両ですからな。この絶好の機会を見逃すはずがありません。

　また、本来の持主である中屋を裏切った取引です。もし強奪されても加賀屋は町奉行所に訴えるわけにはいかない――この点も、蛇蝎組は計算したでしょう。

　蛇蝎組は総力で、押しかけてくるはずです。そこを、一網打尽にします」

「なるほど。ところで、私と辰治親分は出向くとして、相手である加賀屋の楼主は本当に来るのですか」

「加賀屋はなにも知りません。

　南町奉行所の隠密廻《おんみつまわ》り同心が、加賀屋の楼主に化けます。隠密廻り同心は日頃、秘密の探索に従事しているため、変装には慣れています。

拙者が商家の主人に化けるのより、はるかにうまく吉原の楼主に成りすますはずですぞ」

鈴木が愉快そうに笑う。

伊織が言った。

「で、取引はいつですか」

「明日、四ツ（午前十時ころ）です」

「え、明日なのですか」

さすがに伊織も唖然《あぜん》とした。

五

鈴木が供の金蔵とともに帰ってからしばらくして、今度は岡っ引の辰治がやってきた。

まだ居残って、下男の虎吉と話をしている助太郎を見て、辰治が声をかけた。

「おめえさんも、明日、来るのかい」

「はい、先生のお供をします」

「そうか、いざというときは、頼むぜ」

辰治が激励した。

伊織はちょっとあわてたが、助太郎はもうその気になっている。しかも、辰治が同行を認めているではないか。煽《あお》っていると言ってもよい。

こうなると、伊織もいまさら駄目とは言えなくなった。

伊織が言葉に詰まり、黙っているのを、助太郎は同行が認められたと解釈したようだった。意気揚々としている。

辰治が言った。

「ところで、鈴木の旦那とは話しましたか」

「うむ、明日のことも打ちあわせた」

「わっしは、先生と組んで私腹を肥やす、悪辣《あくらつ》な岡っ引の役まわりですからね。鈴木の旦那の作戦ですが、どうもねぇ。もっと、よい役が欲しかったですな」

「おいおい、贅沢《ぜいたく》を言いなさんな。私も、石のへのこと引き換えに大金を得ようとする、悪辣な医者の役まわりですぞ」

ふたりは顔を見あわせて笑った。

いつしか、助太郎がそばに座っている。自分も軍議に参加しているつもりであろう。

「明日、加賀屋の楼主に扮《ふん》するのは、隠密廻り同心の山口勘十郎《やまぐちかんじゆうろう》という方ですがね。さきほど、山口さまにうかがったところ、五百両はとても奉行所では用意できないということでして。

そこで、銅の板などをそれらしく詰めこむようです。遠目で、小判のように見えればいいということでしてね」

「ふうむ、いわば贋金《にせがね》か」

「そこで、例の石のへのこです。本物を持っていき、万が一のことがあれば、目もあてられやせんぜ。偽物《にせもの》を持っていきやしょう」

「偽物を作れと、急に言われてもな。明日のことですぞ」

伊織が腹立たしげに言う。

辰治はいっこうに気にしていない。

「紙を貼りあわせ、それなりに作ってはどうですかね。そもそも、妓楼の金精神は張りぼてですぜ」

「しかしなぁ、紙を貼りあわせて作った金精神など、遠目でもすぐにわかるぞ。風が吹いたら、それこそ舞いあがりかねないではないか」

「じゃあ、土で作ってはどうですかい。泥人形ならぬ、泥へのこってわけですよ」

「泥をこねて作れば、形は似せられるだろうな。しかし、稲荷社に着いたころには乾き、取りだした途端、ボロボロと崩れたらどうなる。台無しだぞ」

「う～ん、たしかにそうですな」

辰治も困りきっている。

それまで黙って聞いていた虎吉が、遠慮がちに言った。

「先生、木を削って作ってはどうですかね」

「ほう、なるほど。そのほう、できるか」

「へい、できると思います。形ができあがったあと、土や砂でまぶして、木目を隠せばいいのではないでしょうか」

「よし、待っていてくれ」

伊織は勢いよく立ちあがると、二階に行った。

薬簞笥の引き出しの中に隠していた石の金精神を取りだすと、階下に戻る。

「これだ。遠目にはそっくりに見えるように作ってほしい。できるか」

「へい、わかりやした」

目の前に置かれた金精神を見たあと、虎吉がきっぱりと言った。

すかさず、助太郎が申し出る。

「虎吉さん、おいらも手伝うよ」

「そうかい、おまえさんに手伝ってもらえると、助かるな。表に、木《こ》っ端《ぱ》が置いてある。それを集めてくんな。そして、道具箱を持ってきてくんな」

足が不自由な虎吉のため、助太郎が甲斐甲斐しく準備をする。

木っ端の大きさや形を確かめていた虎吉が、やがて候補を決めた。あとは、小刀と鑿《のみ》で形を整えていく。

伊織と打ちあわせをしていた辰治が、作業中の虎吉の手元を見て、

「ほう、さすが、もとは大工だ。うめえもんだな」

と感心した。

続いて、ハッと思いついたようだ。

「先生、この木彫りのへのこですが、用が終われば、わっしがもらっても、ようござんすかね」

「それはかまわぬが、なんにするつもりだ」

「女房が汁粉屋をやっているもんですからね。金精神を祀って、商売繁盛を祈ろ

うと思いまして。毎朝、女房や女中に拝ませますよ。

　両手を合わせ、

『おへのこさま、商売がうまくいきますように』

　というわけでさ。

　虎吉さん、そういうわけだから、気合を入れて作ってくんなよ」

　そのとき、下女のお末が湯屋から戻ってきた。

　土間のそばで亭主が作っている物を見て、あきれたように言った。

「おまえさん、いったい、なにを作ってるんだい」

「なにをって、見て、わからねえのか。へのこだ」

「見ればすぐわかるよ。いやらしいねぇ。

　咸姫さまや、お付の女中に見られたら、大変だよ」

「いやらしいとは、なんだ。これは、先生と親分のご注文だぞ」

「え、そうなんですか」

　お末は伊織と辰治を交互に見て、土間に立ちすくんでいる。

　ニヤニヤしながら、辰治が言った。

「じゃあ、先生、わっしはこれで引きあげますが、明日は、よろしくお願いしますぜ」

六

四ツを告げる寛永寺の鐘《かね》が響いていた。

俵《たわら》を積んだ馬とすれ違う。手綱《たづな》を引いた馬方《うまかた》がなにやら罵倒《ばとう》していたが、馬を励《はげ》ましているようだった。

棒手振が、野菜を満載した竹籠を天秤棒で前後にかつぎ、歩いている。つい先日、棒手振の浅吉も南瓜をかついで、この道を歩いていたわけだった。

「そろそろですな」

岡っ引の辰治が言った。

なにも手にしていないが、懐《ふところ》には十手と捕り縄があるはずである。

並んで歩く沢村伊織は、杖《つえ》を手にしていた。

供の助太郎は首に風呂敷包を巻き、手には愛用の竹刀《しない》を引っさげている。

この竹刀持参について、伊織はかなり迷ったが、こちらが用心しているのを示したほうが、かえって信憑性《しんぴょうせい》が増すと考え、許したのだ。

三人が稲荷社の境内《けいだい》に入っていくと、それまでゆっくりと横切っていた一匹の猫が、急に草むらに走りこんだ。伊織の杖と、助太郎の竹刀におびえたのかもしれない。

加賀屋の一行はすでに到着し、荒廃《こうはい》した社殿の前で待ち受けていた。菅笠《すげがさ》をかぶって顔を隠しているのが、楼主であろう。もちろん、隠密廻り同心の変装である。

楼主の前後左右を、四人の若い者が固めていた。同心配下の小者《こもの》であろう。四人はいかにも妓楼の若い者らしく、着物を尻っ端折りして、手ぬぐいで頰被りをしていた。しかも、みな六尺棒《ろくしゃくぼう》を手にしている。

楼主が菅笠を外し、一礼した。小紋縮緬《こもんちりめん》の羽織を着て、いかにも吉原の楼主らしい。

伊織も一礼したあと、若い者が持っている六尺棒を見て言った。

「ずいぶん、ものものしいですな」

「なにせ、大金ですからね。吉原の中ならともかく、大門を一歩出ると、これくらい用心しないと安心できませんでね。

お持ちいただきましたか」

「はい、持参しました」

「では、おたがい、目の前で確認しましょう」

若い者のひとりが、重そうな風呂敷包を、伊織と辰治の前に持参する。

いっぽう、助太郎も首に巻いていた風呂敷包を解き、加賀屋の楼主の前に持っていった。

楼主は包みから金精神を取りだし、

「ほほう、そっくりですな。う〜ん、自然に生じたとは信じられませぬ。石でできているだけに、重みもありますなぁ」

と、感に堪《た》えぬように言った。

もちろん、内心では笑っているであろう。金精神は、虎吉が削《けず》った木製である。

伊織と辰治も、風呂敷包の中の小判を数えているふりをした。

「連中が現れましたぜ」

辰治がささやいた。

伊織が顔をあげると、社殿の裏から武士が、ふた手に分かれて出てくるのが見えた。

左右から、取り囲むように迫ってくる。

全部で六人である。なかに、遠藤勘兵衛と樋口長次郎の顔もあった。

「おい、みな、動くな」

統領らしき男が怒鳴った。

この男が、西原孝四郎であろう。痩身《そうしん》で、やや猫背である。蛇蝎組を率《ひき》いる貫禄《かんろく》とは程遠かった。

西原の声に呼応《こおう》して、みなが刀を抜き放つ。

「おい、その風呂敷包をふたつとも、こちらへ寄こせ。さもないと、命はないぞ」

加賀屋の若い者四人が前に出て、さっと六尺棒を構えた。

一瞬、西原の目に意外そうな色が浮かんだ。妓楼の若い者など、武士が刀を抜けば、算を乱して逃げだすと踏んでいたのであろう。

だが、ちょっと驚いたものの、すぐに余裕を取り戻したようだ。しょせん六尺棒、刀にはかなうはずがないと、見くびっていた。

「てめえら下郎《げろう》が、武士に歯向かう気か」

西原が刀を構えて、威嚇《いかく》するように進む。

ピーッという呼子《よびこ》の音が響きわたった。

蛇蝎組の六人がぎょっとした顔で、あわててあたりを見まわす。みな、捕物出役《とりものしゅつやく》の道から、そして周囲の草むらから、十人近い男が出現した。

いでたちだった。

指揮するのは、同心の鈴木順之助である。

額に鉢巻をし、着物の下に鎖帷子《くさりかたびら》を着こんでいた。着物は、後ろの裾をつまみあげて帯の結び目の下にはさみこむ、じんじんばしょりにしている。手には籠手《こて》、足には脛当《すねあて》をつけ、草鞋《わらじ》履きだった。

従う小者はみな、紺無地《こん》の法被に紺の股引《ももひき》という姿で、六尺棒を手にしていたが、なかには槍《やり》を持った者もいた。

呼子の音に呼応して、若い者に扮した四人が、六尺棒で蛇蝎組に殴りかかった。

出現した捕物出役の一団に動揺しているところ、予想外の攻撃を受け、六人はなにも反応できなかった。

頭や肩に六尺棒の一撃を受け、苦痛のうめきをあげる。

かろうじて立ち直った樋口が、

「うわーっ」

と怒声《どせい》を発し、刀を振りまわしはじめた。

刀で追い散らし、この場から逃げだすつもりのようだ。

ところが、小者たちはこれまでの捕物出役で、刀を振りまわす武士には慣れているようだった。まともに刀とは撃ちあわず、左右から六尺棒で、もっぱら下半身を狙って撃ちこむ。

ビシ、ビシと、六尺棒が肉を撃つ音がした。

太腿《ふともも》や脛《すね》に強烈な打撃を受け、樋口はたまらずその場に転倒した。すかさず、背中に小者がのしかかる。

遠藤も顔をゆがめ、

「きさまら、死にたいか」

と叫びながら、刀を振りまわしていた。

これまで、商人に強請りたかりをおこなってきた際、刀を抜いて突きつければ、相手は震えあがり、みな平身低頭していた。反撃を受けるなど、初めてなのに違いない。

ビシ、ビシと六尺棒が下半身を撃つ。遠藤も樋口同様、下半身への攻撃を防ぎきれない。

小者のひとりが背後から、六尺棒を遠藤の両脚のあいだに差し入れ、横にねじった。

遠藤はあえなく、どさっと前向きに転倒した。たちまち、数人の小者が上からかぶさる。

「きさま、計《はか》ったな。町医者風情《ふぜい》が武士を謀《たばか》るとは、許せぬ」

西原は目を吊りあげ、伊織に迫ってくる。

刀を振りあげて、伊織に迫ってくる。

伊織は杖を、助太郎は竹刀を構えた。

背後から鈴木が、

「神妙にしろ」

と、一喝《いっかつ》した。

すでに、抜刀している。

しかし、もはや西原は破れかぶれのようだった。相手が役人であれ、従うつもりはないらしい。

振り向きざま、西原が、

「木ッ端役人《き》め」

と、斜めに斬りこむ。

キーン、と鋭い金属音がした。

鈴木が刀で受け止めたのだ。そのまま、ぐいと押し返す。

鍔迫《つばぜ》り合いを避けて、いったん後退した西原が、今度も斜めに斬りこんできた。

またもや、鈴木が刀で受け止める。

ガシッと、刃がこぼれた。

「えっ」

西原は呆然としている。

なんと、西原の刀は中ほどから、ぐにゃりと曲がっていたのだ。実戦を想定しない、近年流行《はや》りの、細身で華奢《きやしゃ》な大刀だったようだ。

すかさず、鈴木が踏みこみながら、刀を振るった。

どすっ、と刃が西原の左肩に喰いこむ。

「うっ」

と、うめき、西原が刀身《とうしん》の曲がった刀を、ポロリと落とした。

見ていた助太郎が、

「あっ」

と、小さく叫ぶ。

鮮血が噴きだすのを予想したのであろう。

しかし、血飛沫《ちしぶき》はあがらない。

激痛に身体を硬直させている西原を、背後から小者が取りつき、その場に押し倒した。

辰治が近づき、西原に縄をかける。

鈴木が伊織と助太郎を見て、にやりと笑った。

「われらの刀は刃引きをしておりまして、斬れないのです。生きたまま取り押さえるためでしてね」

「刃引きをした刀で、本物の刀と撃ちあったのですか」

助太郎は感動しているようだ。

伊織が見渡すと、蛇蝎組はみな地面に打ち伏し、両手を縛られていた。

「あっ、逃げる者がいます」

助太郎が目ざとく、社殿裏の草むらに走りこむ姿をとらえた。

竹刀を振りあげ、追いかけようとする。

「待て、追わなくてよい」

伊織が助太郎をとどめる。

あの男こそ、鈴木が寝返らせた間諜に違いない。このまま姿を消すというわけだった。

いつしか、黒山の人だかりができていた。大捕物の噂を聞いて、駆けつけてきた者も多数いるようだ。

加賀屋の楼主に扮していた、隠密廻り同心の山口勘十郎が近寄ってきた。

「どうやら、うまくいきましたな」

「ぼろを出さずに済み、ほっとしております」

伊織の正直な感想だった。

鈴木が言った。

「蛇蝎組の五人は大番屋に連行して、厳しく取り調べます。みな、叩《たた》けば埃《ほこり》が出る連中ですから、これまでの悪事がすべて明るみになるはずです。

また、連中が捕らえられたと知れば、これまで泣き寝入りしていた町人も、安心して訴えてくるはずですな」

山口が付け加える。

「蛇蝎組が一網打尽になったのを聞き、世の不良旗本や悪御家人も、少しは襟《えり》を正すでしょう」

伊織はふたりの言葉を聞きながら、そう願いたいものだと心から思った。

大勢で五人を連行していくため、まるで行列のようである。集まってきた野次馬はこの行列を見ようと、いつしか移動している。

気づくと、伊織と助太郎のまわりには誰もいなかった。

「おかげで、目立たずに帰れるぞ」

伊織が笑った。

助太郎はいかにも残念そうである。

「せっかく竹刀を持ってきたのに、使えませんでした。せめて一撃、撃ちこみたかったですね」

七

長谷川与右衛門の用人が、入口の土間に立った。

「先生、お手数ながら、ちと、お越し願えませぬか」

そう言いながら、表情が暗い。

羽織袴《はかま》のいでたちで、腰には両刀を差していた。

沢村伊織が住む家は、旗本・長谷川家の屋敷の敷地内にある。その意味では、長谷川家は地主である。

「往診ですか」

「いえ、そうではありませんで。大きな声では言えないのですが、敷地内に穴を掘っていたら、白骨が出てきたのです。

殿に申しあげたら、ねんごろに弔《とむら》ってやれ、とのことでした。

ところが、それを聞いて、咸姫さまが、

『沢村先生に検分してもらいましょう。いつごろ死んだか、どうやって死んだか、男か女かも、わかるはずです』

と、おっしゃいましてね。

殿も咸姫さまには弱いですから。そんなわけで、先生にご検分願いたいのですが」

要するに、屋敷の一画から出土した骨の検死だった。

咸姫は、助太郎から検死の自慢話をさんざん聞かされていた。自分も興味はあるが、まさか伊織の検死に同行することはできない。

うらやましいと思っていた折も折、屋敷内で白骨が見つかったのである。咸姫は、千載一遇《せんざいいちぐう》の機会ととらえているのであろう。

「わかりました。薬箱を用意しますので、少々、お待ちくださいい」

伊織は二階から薬箱をさげておりてくると、ちょっと迷ったが、屋敷内ということもあり、下駄をつっかけた。

「では、ご案内します」

用人が先に立ち、母屋《おもや》のほうに向かう。

屋敷内の借家に住んではいても、長谷川家の母屋に近づくのも、庭に立ち入るのも初めてである。

母屋の端にある建物は、湯殿のようだった。すぐそばに、井戸がある。

湯殿をまわりこんで、奥に進むと、物置らしき建物があった。さらに進むと、土蔵があった。

土蔵の横を抜けると、雑草が茂った空き地がある。

用人が弁解する。

「もとは畑を作っておったのですが、手入れをしないもので、こんなになってしまいました」

その空き地の端に、数人の男女が立っていた。ひときわ小さな身体が、咸姫のようだ。

「これですがね」

用人が示す。

筵《むしろ》が敷かれ、その上に土がこびりついた白骨が置かれていた。

伊織は芝蘭堂や鳴滝塾で、骨格標本には馴染《なじ》んでいた。

ざっとながめただけで、頭蓋骨《ずがいこつ》、左右の上腕骨《じょうわんこつ》、指骨《しこつ》の一部、骨盤《こつばん》の大部分、大腿骨《だいたいこつ》の片方、脛骨《けいこつ》の片方などがあるのを見てとった。

筵のそばに、大きな穴が開いている。横に、穴掘りに使った鍬《くわ》や鋤が置かれていた。

骨はこの穴から取りだされたのであろう。

「なぜ、穴を掘ったのですか」

「ゴミ捨て用の穴を、下男が掘っておりまして、骨に気づいたわけです。そこで、中間も加わり、穴を掘り広げて、骨をすべて取りだしたのです」

伊織も、ゴミ捨て場にしては穴が大きいのに納得がいった。

武家屋敷では敷地が広いのを利用して、ゴミは穴に捨てるのが普通である。穴がいっぱいになると、土をかぶせ、別な穴を掘る。

「では、見ていきましょうか」

伊織が筵のそばにしゃがんだ。

すると、ツツと咸姫が寄ってきて、同じくそばにしゃがむ。

用人はちょっと狼狽《ろうばい》していた。

男のそばに自分から寄っていくなど、旗本の娘にはふさわしくない不品行であろう。しかし、伊織と咸姫は師弟関係である。

そう解釈したのか、用人は眉をひそめただけで、とくに咸姫を諫《いさ》めなかった。

「先生、骨を見ただけで、男か女か、わかるのですか」

「わからない場合もあります。しかし、頭蓋骨と骨盤を見れば、ほぼわかります。さいわい、頭蓋骨と骨盤が残っているので、見ていきましょう」

伊織は薬箱から虫眼鏡を取りだした。

まず頭蓋骨を手に取って、ながめる。

「額の傾斜で、男と女の判別ができます。横にして見ると、よくわかります」

伊織は頭蓋骨を横にした。

そして、額の傾斜を指で撫でた。

「この傾きが、男は斜めですが、女は直角に近いのです。見ると、額の傾斜は直角に近いですね。これからすると女と思われますが、まだ、断定はできません」

次に、伊織は骨盤を手に取った。

恥骨《ちこつ》の部分を示しながら、説明する。

「この角度が、男は尖《とが》った三角形ですが、女はゆるやかな曲線です。ご覧なさい、ゆるやかな曲線ですね」

「あたしには、よくわからないのですが」

「それは、男と女の骨を比較していないからです。私はこれまでたくさん骨を見ているので、わかるわけです」

「そうなんですか。

でも、骨盤からも女とわかるわけですね」

「さよう、頭蓋骨と骨盤の両方に女の特徴があるので、この骨は女と断定してよろしいでしょうな」

みな、無言である。

やはり、屋敷の一画に女の骨が埋められていたのは、薄気味の悪さを覚えるのかもしれない。

とくに用人は、奉公人のあいだに、幽霊などの噂が広まるのを恐れているようだ。女の骨だと、どうしても怨《うら》みなどを連想する。

用人が尋ねた。

「埋められたのは、何年くらい前でしょうか」

「それを突き止めるのは難しいですな。五年前や、十年前ではありません。もっと昔です。

この骨の状態を見ると、五十年前かもしれません。もしかしたら、百年前かもしれませんな。

骨のそばで、なにか見つかった物はありますか」

「へい、これが見つかりました」

下男が、手のひらに載せたものを差しだしてきた。

受け取った伊織は、虫眼鏡でながめた。しかし、ボロボロに錆《さ》びついていて、もとの形はまったく判別できなかった。

「この女は、なぜ殺されたのでしょう」

突然、咸姫が真剣な顔で言った。

伊織は驚き、続いて笑いそうになった。

だが、かろうじて無表情をたもつ。

「殺されたかどうかは、わかりませんぞ。少なくとも骨に、殺されたことを示す痕跡はありません。ですから、死因も不明です」

「でも、普通だったら、死んだ人はお寺の墓地に葬《ほうむ》られるではありませんか。こんなところに埋められたのは、普通ではありません」

用人も、咸姫付きの女中も、困惑した表情をしている。

なまじくわしく調べると、長谷川家の過去の不祥事《ふしょうじ》や、悲劇などにつながるのを案じているのであろう。

なにせ、五十年も百年も昔のことである。伊織にしても、過去を探る気はなかった。

「昔のことです。もう、わかりません。

火事や地震でたくさんの人が死に、寺に葬る余裕がないときもあるでしょうからね。また、流行り病などで死んだとき、急いで埋葬したのかもしれません。いまできることは、あらためて、きちんと葬ってやることでしょうね」

咸姫は反論こそしなかったが、不満そうに口をとがらしている。

いっぽう、用人はほっとしたように言った。

「百年くらい昔の骨とわかっただけで、もう充分です。殿にもお伝えし、できれば長谷川家の菩提寺《ぼだいじ》の墓地に葬るようにいたします」

「そうですな、それがよろしいでしょう」

伊織は虫眼鏡を薬箱におさめながら、咸姫にとって『解体新書』の実地研修になったと思った。

八

同心鈴木順之助の供をしている、中間の金蔵が呼びにきたのは、助太郎も咸姫も帰ったあとだった。

「先生、旦那がちょいとご足労願えないかと、申しているんですがね。場所は、すぐ近くの寺の門前です」

金蔵は看板法被を着て、肩に挟箱《はさみばこ》をかついでいる。ということは、鈴木は、いわゆる「八丁堀の旦那」のいでたちであろう。

沢村伊織が住むのは借家とはいえ、旗本屋敷の中にある。やはり、町奉行所の役人の格好で旗本屋敷内に立ち入るのは、鈴木も遠慮しているのであろう。

(それとも、他の人間に聞かれたくない内容なのだろうか)

伊織のほうでも鈴木に報告したいことがあったので、すぐに支度をする。

ふたり、連れ立って外に出た。

しばらく歩くと、寺の山門の脇《わき》に、鈴木が立っているのが見えた。

神社仏閣《ぶつかく》は寺社奉行の管轄であり、町奉行所の役人はみだりに立ち入ることはできない。ひと目で町奉行所の同心とわかる格好をしているため、ここでも鈴木は境内に入るのを遠慮したようだ。

「お知らせすることがあります」

開口一番、鈴木が言った。

伊織が寄り添うように立つ。

やや離れた場所で、金蔵はしゃがんでいる。

「仙吉殺しの科《とが》で、お満は死罪に処せられました。今朝、小伝馬町の牢屋敷内の刑場《けいじょう》で、首を斬られました」

「そうでしたか」

伊織も死罪になるだろうとは思っていたが、今朝と聞くと、やはり少なからぬ衝撃を受けた。

「すると、首の切断に力を貸した藤助は、どうなるのでしょうか」

「藤助はすでに牢死《ろうし》しました」

「そうでしたか」

胸に苦渋《くじゅう》が広がる。

伊織も、牢内の不潔《ふけつ》で過酷《かこく》な環境については聞き知っていた。また、牢死する者の割合が異常に高いことも聞き及んでいた。

藤助は劣悪《れつあく》な環境に耐えられなかったことになろう。伊織はお満以上に、藤助に哀れを覚えた。けっきょく、藤助はお満に利用されたのである。

鈴木はそんな伊織の胸中を察しているのか、淡々と述べる。

「拙者は今朝、小伝馬町で、お満の斬首《ざんしゅ》を見てきたのです。首を斬ったのは、山田浅右衛門《やまだあさえもん》です」

「首斬浅右衛門と呼ばれる御仁《ごじん》ですな」

「う〜ん、先生も誤解されておるようだ。この際、申しあげておきましょう。世間では山田浅右衛門を『首斬浅右衛門』と呼び、なかには『首斬り役人』と称する人さえいますが、とんでもない間違いです。

山田浅右衛門は麴町《こうじまち》に住む浪人《ろうにん》で、町奉行所の役人でもなんでもありません。

代々、山田浅右衛門を名乗っており、拙者もいまの浅右衛門が何代目かは知りません。

そもそも、山田家の稼業は、刀の試《ため》し斬りです。牢屋敷の刑場で罪人が斬首されると、首なし死体が山田家にさげ渡されます。

浅右衛門はその首なし死体で、諸方からあずかった刀の試し斬りをして、切れ味などを鑑定《かんてい》するわけです。もちろん、鑑定料をもらうわけですがね。

先日、申しあげたように、牢屋敷の刑場で罪人の首を斬るのは本来、町奉行所の番方若同心の役目なのです。拙者も、かつて番方若同心のときに何度か首斬りをおこなったのは、先日、お話ししましたな。

しかし、同心も内心では、首斬りはやりたくないのです。たとえ相手が極悪非道の悪人でも、自分の手で首を斬るのは、寝覚めがよいものではありませんからな。誰しも、自分の手は汚《よご》したくないのです。

そこで、首斬り役を命じられた同心のなかに、山田浅右衛門に頼む者が出てきたのです。つまり、

『拙者の代わりに、首斬りを引き受けてくれぬか。金は払うから』

と、言うわけですな。

浅右衛門は試し斬りが稼業なので、死体を斬るのには習熟《しゅうじゅく》しています。しかも、商売ですからな。かくして、同心の頼みを引き受けるようになったのです。

いまでは、ほとんど山田浅右衛門が代行しています。

そんなわけで、お満の首も、山田浅右衛門が斬ったわけですな」

「そうでしたか、私も世間並みに誤解していたわけですね。

ところで、お満は従容《しょうよう》として死に就《つ》いたのですか」

「それがですなぁ」

鈴木が渋面《じゅうめん》を作る。

よけいなことを訊《き》いたかなと、伊織は少し後悔した。

「刑場まで引きだされると、罪人はたいてい、観念するものです。なかば、気を失っていると言ってもいいかもしれませんがね。

ところが、お満は最後の最後まで暴れましてね。

『仙吉さんを殺したのは、あたしじゃない。藤助だよ』

と、叫んでおりました。

ついには、

『化けて出てやる。取り殺してやるからな』

と、わめく始末でしてね。

お満が身もだえするものですから、浅右衛門も失敗しましてね。一刀目は、お満の後頭部に斬りこんでしまったのです。

鮮血が散り、お満も意識を失ったのか、動かなくなりました。

そこで、浅右衛門が二刀目を振りおろし、ようやく首を断ち斬りました。

浅右衛門としては、失態《しったい》を演じたことになりましょうな。無念そうな顔をしておりました。

拙者としても、なんとも後味の悪い結末でした」

「そうでしたか。

蛇蝎組の五人はどうなったのですか」

「みな、悪事にまみれていましたぞ。観念して、これまでの悪事をすべて認めました。

遠島《えんとう》になるでしょうな。八丈島《はちじょうじま》に島流しです」

「死罪ではなく、遠島ですか。お満の死罪を考えると、不公平な気がしますが」

「そのあたりを衝《つ》かれると、拙者もつらいものがあります。

武士が、とくに幕臣が町人を殺しても、死罪になることは滅多にありません。

殺された左五平はちんこきりの職人、つまり町人でしたからな。町人の仙吉を殺した、町人の娘のお満は死罪。いっぽうの、町人の左五平を殺した幕臣は遠島。

たしかに、不公平なのかもしれませんが。

ただし、八丈島に送られる前に、五人のうちの何人かは牢死するでしょうな」

鈴木がさらりと言った。

伊織はもしかしたら、町奉行所は罪人が牢死するのを、ひそかに望んでいるのではなかろうかと疑った。牢死すれば、処刑する手間も、島送りにする手間も省けるからだ。

しかし、伊織は口にはしなかった。

「ところで、私のほうも、鈴木さまに申しあげねばならないことがありました。ほかでもない、石の金精神のことです」

「先生にお預けしておいたのでしたな」

「つい先日、吉原に出かけてきました。

じつは、私も妓楼の中屋とは縁がなかったものですから、面識のある町田屋という引手茶屋の主人に仲介を頼み、中屋に出向いたのです。

中屋の楼主に金精神を渡し、これまでのいきさつを話しました。

金精神が無事に戻って、最初は楼主も喜んでいたのですが、私の話を聞きながら、しだいに顔が曇ってきましてね。

金精神のために、左五平が殺され、間接的ながら仙吉が殺され、蛇蝎組の五人が召し捕られたわけですからね。金精神の呪《のろ》いとまではいかなくても、やはり楼主も、内所の縁起棚に載せて拝むのはふさわしくないと考えたのでしょうね。

最後に、こう言いました。

『せっかくお届けいただいたのですが、中屋には置かず、菩提寺に納め、供養《くよう》してもらいます』

というわけで、寺に奉納《ほうのう》するようです。もしかしたら、寺の秘仏になるのかもしれません。

そして、楼主は私に謝礼を渡そうとしたのですが、いきさつがいきさつだけに、金を受け取るわけにはいきません。

私は謝礼を固辞しました。

すると、楼主も困っていましたが、

『では、せめて駕籠《かご》でお送りします。どうか、断らないでください』

ということでして。

そこまで言われると、私も強情は張れないので、厚意に甘えることにしました。大門を出たところで、ついてきた中屋の若い者が駕籠を雇ってくれましてね。おかげで、吉原から下谷七軒町まで、のんびりと駕籠に揺られて帰ってきました」

伊織がおどけて言った。

鈴木がおかしそうに笑い、

「駕籠に揺られて吉原通いならぬ、駕籠に揺られて吉原帰りですな」

と評したあと、中間の金蔵に合図を送る。

そろそろ帰るぞ、ということであろう。

＊

鈴木と別れ、伊織が戻ってくると、玄関前に筵を敷き、下男の虎吉がせっせと木材に細工をしていた。

「おう、精が出るな」

「先生、お帰りなさい。へへ、また、注文がきたものですからね」

虎吉はいかにも、嬉《うれ》しそうである。

このところ、木製の金精神の注文が相次いでいたのだ。

岡っ引の辰治が、虎吉が作った木製の金精神を、女房にやらせている汁粉屋に置いた。すると、いつしか縁起のよい置物として評判になったのである。

この評判を知って、辰治が商売っ気を起こした。

店の一画に陳列棚を作り、虎吉が作った木製の金精神を販売することにしたのだ。

以来、汁粉屋の丁稚《でっち》が十日に一回くらいの割で、できた金精神を仕入れにくる。

辰治の目端《めはし》の利くところは、

「いずれ真似をする者がでてくる。こちらは本家本元を銘打《めいう》たねばならない」

として、虎吉に、金精神の陰嚢の裏側に「虎」という銘を刻ませたのだ。

汁粉屋では、「虎印の金精神」として売っているという。ほかの金精神とはご利益《りやく》が違いますよ、というわけだ。

いっぽう、虎吉も工夫をした。

当初は、石の金精神を木で忠実に模倣《もほう》していたが、やがて小指の先くらいの小さな金精神を作ったところ、これが受けた。

風流人のなかには、小さな金精神を根付《ねつけ》に仕立て、印籠《いんろう》や煙草入れの紐《ひも》の先端に取りつけるのが流行っているという。

金精神の注文がくるようになって、虎吉は見違えるように元気になった。生き生きしていると言ってもよい。

普請場で怪我をして足が不自由になって以来、虎吉は自分が役立たずだというひがみに、さいなまれていた。ところが、いまや、自分の細工で金が稼げるようになったのである。

女房のお末は、最初のうちこそ、

「なんだい、そんないやらしい物を作って」

と、顔をしかめていたが、いまでは収入になるとわかって、大喜びである。

伊織も、虎吉が生き生きと細工に取り組んでいるのを見ると、嬉しかった。

「ああ、それですか」

聞き慣れた声に振り返ると、咸姫だった。そばに、お供の女中もいる。

伊織もちょっとあわてた。

虎吉にいたっては顔を赤らめ、製作途中の金精神を隠そうとしている。

「あら、隠さなくっても、いいではありませんか。見せてくださいな」

咸姫は屈託《くったく》がない。

伊織が言った。

「どうしたのですか」

「下女が、先生のところでおもしろい物を作っていると言っていたので、見にきたのです」

「そうでしたか。これは金精神と言い、祈りの対象です。山や滝、岩などに神が宿ると考え、人々は祈りますね。あれと同じと言えます」

伊織はけっして猥褻《わいせつ》物ではないのだと、説明する。

いっぽう、咸姫は猥褻などとはまったく考えておらず、ただおもしろがっているようだった。

ついに、虎吉も照れ笑いをしながらも、

「お姫さまにお見せするのは、恥ずかしいのですが」

と、できあがった物を手渡した。

咸姫は金精神を手に載せ、しきりに感心している。

伊織はふと、シーボルトが日本の文物を熱心に収集していたのを思いだした。収集品のなかに、蛇体弁財天像《じゃたいべんざいてんぞう》があり、頭部の形態《けいたい》は男根を連想させた。これを見てシーボルトは、

「日本人の、豊穣《ほうじょう》への祈りがこめられているのでしょうね」

と評していた。

陰茎を模した工芸品を外国人がけっして猥褻物とはみなしていないのを知り、伊織は我が国の風俗を卑下《ひげ》する必要がないことを悟った。また、性器信仰は世界各地にあることも教えられた。

(シーボルト先生が金精神を見たら、きっと欲しがるだろうな)

伊織は長崎の日々を思いだし、笑みを浮かべた。

コスミック・時代文庫

秘剣《ひけん》の名医《めいい》
七
蘭方検死医 沢村伊織

【著 者】
永井義男《ながいよしお》

【発行者】
佐藤広野

【発 行】
株式会社コスミック出版
〒154-0002 東京都世田谷区下馬 6-15-4
代表 TEL.03(5432)7081
営業 TEL.03(5432)7084
FAX.03(5432)7088
編集 TEL.03(5432)7086
FAX.03(5432)7090

【ホームページ】
https://www.cosmicpub.com/

【振替口座】
00110-8-611382

【印刷／製本】
中央精版印刷株式会社

乱丁・落丁本は、小社へ直接お送り下さい。郵送料小社負担にてお取り替え致します。定価はカバーに表示してあります。

ISBN978-4-7747-6234-0 C0193